Max und die Fußball-Weltmeisterschaft

Für alle kleinen
und großen
Fußball-Fans

Max und die Fußball-Weltmeister-schaft

von Michael Schaaf

Herstellung und Verlag: Books on Demand GmbH,
Norderstedt
ISBN 978-3-8334-8217-5

Inhaltsverzeichnis

Chicago (1)

Am Montag der zweiten Sommerferienwoche war es endlich so weit: Max wurde von seinen Eltern zum Hamburger Flughafen nach Fuhlsbüttel gebracht. In der riesigen Abflughalle trafen sie seine Mannschaftskameraden und deren erwachsene Begleitpersonen.

„Hi, Max!", ertönte es hinter ihnen. Valentin kam mit seinen Eltern auf ihn zu. Sie begrüßten sich alle herzlich. Die Jungs rannten zu ihrem Trainer. Herr Rauer winkte seine Spieler zu sich und versammelte sie in einem Halbkreis um sich.

„Hallo, Jungs!", begrüßte er die erfolgreiche Mannschaft, die zur Belohnung für die Meisterschaft in der abgelaufenen C-Jugend-Saison vom HSV diese Reise nach Amerika spendiert bekommen hatte. „Ich wollte euch einen guten Flug und viel Spaß wünschen. Seht zu, dass ihr so gut spielt wie in der Rückrunde, dann holt ihr euch bestimmt den nächsten Titel."

„Aber wieso?", fragte Tolga erstaunt. „Kommen Sie denn nicht mit, Herr Rauer?"

„Meine Frau ist hochschwanger", erwiderte ihr Trainer. „Es könnte in dieser Woche losgehen. Die Geburt meines Kindes möchte ich natürlich nicht verpassen, das versteht ihr ja wohl. Marcello macht das schon. Hört auf ihn und auf euren Mannschaftsführer, dann kann nichts schief gehen."

Er lachte Max an und klopfte ihm auf die Schulter. Dann drückte er jedem seiner Spieler die Hand, wünschte schöne Ferien und erinnerte an den Termin zum Trainingsauftakt in Hamburg.

Die Jungs gaben ihr Gepäck auf und verabschiedeten sich von ihren Familien. Um 12.55 Uhr startete ihr Flugzeug, eine kleine Maschine der Scandinavian Airlines, die sie bis nach Kopenhagen brachte. Nach einer Stunde Aufenthalt flogen sie mit einem großen Passagierjet weiter ihrem Zielort Chicago entgegen.

Es war ein langer Flug, doch Max, der zwischen Valentin und Tolga saß, unterhielt sich angeregt mit seinen Freunden. Sie erörterten lautstark ihre Pläne für ihre Ferien. Tolga würde mit seiner Familie in die Türkei fliegen, Valentin mit seiner Familie nach Griechenland. Max freute sich auf seine ersten Ferien alleine mit seinem besten Freund Tobi. Unmittelbar im Anschluss an die Amerikareise würden sie zwei Wochen ins Allgäu fahren. Die Jungs erzählten sich über den Wolken die neuesten Witze, tranken Tomatensaft und sahen einen spannenden Film.

Um 17.00 Uhr Ortszeit landeten sie nach einem Flug ohne Zwischenfälle pünktlich in Chicago. Mitgereist waren neben den 18 Spielern ihrer Mannschaft Herr Brand, Chef des Nachwuchsleistungszentrums und Organisator der Amerikatour, der Fotograf Herr Weiß, einige Elternteile und Teambetreuer Marcello. Ein Junge ihres Jahrgangs, der seine Teilnahme an dieser Reise bei dem Fußballtalentwettbewerb „Kick deines Lebens" gewonnen hatte, war ebenfalls dabei.

Nach der Passkontrolle, wo zu ihrem großen Erstaunen von allen ein Fingerabdruck genommen worden war, warteten am Ausgang bereits drei große amerikanische Vans auf sie. Herr Brand begrüßte die drei Fahrer, die sie während ihres Aufenthalts in Chicago chauffieren würden, und stellte sie den Jungs kurz vor. Er kannte sie schon von seinen vorherigen Aufenthalten.

Sie luden das Gepäck ein und fuhren in den geräumigen Vans in einen Vorort von Chicago, in dem sie während ihres Aufenthalts wohnen würden. In einem großen Haus hatten sich zuvor alle Gasteltern versammelt. Gespannt erwarteten diese ihre Gäste aus Hamburg.

Bereits im Flugzeug hatten sich die Jungs zu zweit zusammengefunden. Tolga zum Beispiel war mit Sven zusammen, Andi mit Olaf und Herr Brand mit Herrn Weiß.

Beim herzlichen Empfang wurden Sandwiches und gekühlte Getränke gereicht. Die Jungs hauten ordentlich rein. Schließlich wurden sie ihren Gasteltern zugeteilt. Max und Valentin waren bei Familie Butler einquartiert worden. Höflich begrüßten sie ihre Gastgeber auf Englisch.

„Hello, boys!", erwiderte Mister Butler gut gelaunt.

Seine Frau lächelte ihnen freundlich zu. „Welcome to our country. Have you been to America before?"

Max und Valentin schüttelten den Kopf. Nein, sie waren bisher noch nie in Amerika gewesen. Zum Glück waren beide gute Schüler. Sie konnten sich mit ihren Gasteltern in deren Sprache unterhalten.

Bald verabschiedeten sie sich von den Mitspielern, die ebenfalls ganz in der Nähe untergebracht waren. Gleich um die Ecke hatten die Butlers ihr Haus stehen. Na ja, dachte Max, Anwesen traf es wohl eher. Vor ihnen stand ein riesiges vierstöckiges Haus mit großem Außenpool.

„Nicht schlecht, Herr Specht, famose Hütte!", entfuhr es Valentin.

Max nickte begeistert: „Hier lässt es sich bestimmt gut aushalten."

Ihre Gastgeber führten die beiden Jungs herum. Diese kamen aus dem Staunen nicht mehr heraus.

Vor dem Schlafengehen stiegen sie nach Ermunterung der Butlers in den Whirlpool, um die nötige Bettschwere zu bekommen. Tatsächlich machte sie das warme sprudelnde Wasser so müde, dass sie in den bequemen Betten auf der Stelle einschliefen. Da die beiden älteren Kinder der Butlers den größten Teil des Jahres im College wohnten, hatten Max und Valentin deren Zimmer beziehen können.

Am nächsten Morgen trafen sich alle um 8.00 Uhr im Haus der Familie Lightfield. Dort waren Herr Brand und Herr Weiß stationiert. Von diesem Treffpunkt aus starteten sie während ihres Aufenthalts jeweils in den Tag. Heute stand eine Bootsfahrt auf dem Programm, die sie einen Fluss entlang durch Chicago hindurch in den Michigansee führte. Trotz des leichten Nieselregens hatten sie eine Menge Spaß. Sie staunten über die gewaltigen Hochhäuser, die die Skyline von Chicago prägten.
Nach dem Essen in einem Burgerrestaurant besuchten sie das Aurora, ein riesiges Einkaufszentrum, in dem es viele Markenartikel und Sportbekleidung zu günstigen Preisen gab.
Abends trafen sie sich mit allen Gastfamilien und den Fahrern zu einer fröhlichen Barbecueparty, bevor sie sich spätabends auf den Weg „nach Hause" machten.

Am Mittwoch war es dann so weit – das erste Spiel stand an. Um allerdings Rockford zu erreichen, den Spielort ihres Gegners, mussten sie erst einmal gute 150 Kilometer zurücklegen, was einer zweistündigen Autofahrt entsprach. Nach dem Ausschütteln der Beine und einem ausführlichen Stretch- und Dehnprogramm gab Marcello die Mannschaftsaufstellung bekannt und erläuterte die Taktik.
Max streifte sich die Kapitänsbinde über und führte seine Elf auf das Feld. Sehr schnell wurde deutlich, dass ihr

Gegner auch etwas vom Fußballspielen verstand. Kampfbetont und laufstark gingen sie zu Werke, spielten ein frühes Pressing. Zur Halbzeit stand es 0 : 0. Marcello wechselte vier neue Spieler ein. Einem Doppelschlag der Amerikaner zum 2 : 0 folgte der erste Galaauftritt von Max. Nach einem Solo über den halben Platz schoss er knallhart zum Anschlusstreffer ein. Das war wie ein Wecksignal. Von nun an lief das Spiel des HSV. Nach Treffern von Sven und Tolga führten sie 3 : 2. Ärgerlich aus ihrer Sicht war der Ausgleich in der letzten Sekunde des Spiels, doch sie trauerten dem Sieg nicht lange nach.

Während des gemeinsamen anschließenden Pizzaessens mit dem Team aus Rockford ging es ins Waterland, einem Wasserparadies mit Riesenwellenbad und vielen extrem langen Wasserrutschen. Justus, Hendrik und Eyk begeisterten mit ihren Kunstsprüngen vom Turm, Herr Brand wurde unter lautem Gejohle der Jungs von Andi und Ali ins Wasser geschubst, und es gab jede Menge Eis für alle.

Abends trafen sich Max und Valentin zum Abschluss des Tages mit Tolga, Sven, Marc und Werner, die in unmittelbarer Nachbarschaft wohnten. Sie spazierten durch den ruhigen Vorort und zeigten sich gegenseitig ihre Unterkünfte.

„Eindeutig!", stellte Werner beeindruckt fest. „Mit dem Butler-Anwesen habt ihr den Hauptgewinn gezogen."

Die Woche verging wie im Zeitraffer. Am Donnerstagvormittag besuchte die Mannschaft eine Einrichtung für behinderte Kinder. Jeder Spieler nahm zwei der Kinder mit auf eine große Wiese und spielte mit ihnen Fußball. Max war mit zwei Kindern zusammen, die unter dem

Downsyndrom litten. Er freute sich, wie sehr die beiden das Herumtoben mit dem Ball genossen.

Großes Freudengeschrei ertönte, als der große blaue HSV-Dino Hermann als Überraschungsgast auftauchte. Da waren die Spieler abgemeldet.

Nachmittags bummelten sie durch die Chicagoer Innenstadt. Die Spieler teilten sich in drei Gruppen auf, die jeweils 100 Dollar für Verpflegung aus der Mannschaftskasse erhielten, in die sie während der Saison jeden Monat € 10,- eingezahlt hatten. In den teuren Läden der Michigan Avenue kauften sie nichts ein, sondern staunten nur über die saftigen Preise.

Am Abend hatten sie ihr zweites Spiel. Es ging gegen eine mexikanische Mannschaft, die sie locker mit 9 : 1 vom Platz fegten, bevor sie alle zusammen mexikanisch essen gingen.

Später vergnügten sich Max und Valentin noch eine Stunde im Pool ihrer Gasteltern.

Freitags waren sie erneut in der Innenstadt unterwegs, in einem Vergnügungspark mit gewaltigem Riesenrad. Nachmittags gewannen sie gegen eine Auswahlmannschaft aus Chicago und Umgebung ein torreiches Spiel mit 7 : 3. Durch diesen hohen Sieg auf Kunstrasen zogen sie als Gruppenerster in das Finale ein. Herr Brand beglückwünschte sein Team und lud es für den morgigen Samstag zum Soccergame der Chicago Fires gegen Dallas ein.

„Ihr könnt, wenn ihr möchtet, den Tag aber auch mit euren Gasteltern verbringen", bot er als Alternative an.

Max und Valentin zwinkerten sich zu. Sie wussten schon, dass sie genau dies tun würden, denn Mr und Mrs Butler hatten ihnen angeboten, mit ihrer zwölf Meter langen

Jacht auf den Michigansee zu fahren. Bei 35 °C hielten sie das für einen sehr guten Vorschlag.

So erlebten sie einen luxuriösen Samstag an Bord einer schneeweißen Jacht mit ihren Gastgebern. Stundenlang badeten sie im Michigansee. Picknick gab es an Bord.

Abends trafen sie sich mit den anderen Jungs. Die meisten waren beim Soccergame gewesen, das Dallas 3 : 2 gewonnen hatte. Konstantin berichtete freudestrahlend, dass ihre Mannschaft in der Halbzeitpause sogar als Gäste aus Hamburg im Stadion vorgestellt und das Ganze im Fernsehen live übertragen worden war. Max und Valentin bereuten ihre Entscheidung jedoch nicht. Es war ein traumhafter Tag für sie gewesen.

Sonntag stand das Finale an. Um 8.00 Uhr starteten sie vom Haus der Lightfields aus zum Spiel, das um 10.00 Uhr auf dem Gelände der Universität von Chicago angepfiffen werden sollte. Es war ein fantastisch gepflegter Rasenplatz, der beste, den Max je betreten hatte, doch trotzdem konnten der Kapitän und seine Mannschaftskameraden sich nicht so richtig begeistern: Das Thermometer zeigte 47 °C an! Es war so schwül, dass der Schiedsrichter alle 15 Minuten unterbrach, um den Spielern die Möglichkeit zu geben, genügend Flüssigkeit zu sich zu nehmen. Der HSV spielte gegen die zweite mexikanische Mannschaft im Wettbewerb, und die körperliche Überlegenheit der Hamburger gab letztendlich den Ausschlag: Mit zwei Toren kurz vor Schluss der Begegnung, einmal Max, einmal Werner, kürten sich die Deutschen zum Siegerteam des Chicago-International-Cup.

Nachdem Max als Mannschaftsführer den großen Pokal überreicht bekommen hatte, bereits die dritte Trophäe in dieser erfolgreichen Saison, schoss der Fotograf Herr

Weiß einige Bilder für das HSV-Live-Magazin. Dann verschwanden die Spieler triefend vor Schweiß unter die kalten Duschen. Ihre Erschöpfung hielt sie jedoch nicht davon ab, unter den Duschen lautstarke Jubelgesänge anzustimmen.

Hinterher aßen sie gemeinsam mit den Gasteltern und den Fahrern, die sie alle im Finale angefeuert hatten, zu Mittag. Die Jungs überreichten Gastgeschenke und bedankten sich für die herzliche Aufnahme und die gute Betreuung während ihres Aufenthaltes. Nach der großen Verabschiedung, bei der viele sich versprachen, über E-Mail-Schreiben im Kontakt zu bleiben, machten sie auf dem Weg zum Flughafen noch einen kleinen Abstecher. Im Aurora-Einkaufszentrum gaben sie ihre letzten Dollars für coole Sportklamotten aus.

Gut gelaunt und erschöpft stiegen sie dann abends nach einer aufregenden und ereignisreichen Woche in den Flieger. Viele schliefen während des Rückflugs tief und fest. Am späten Sonntagnachmittag landeten sie wohlbehalten auf dem Hamburger Flughafen.

Allgäu-Action (2)

Der Aufenthalt in Chicago war ein unvergessliches Erlebnis gewesen, doch nur wenige Tage später wartete bereits ein neues Abenteuer auf Max: zwei Wochen Ferien im Allgäu mit seinem Freund Tobi. Sie fuhren mit dem Nachtzug von Hamburg nach München, wo sie am frühen Morgen von Tobis Tante Katja am Bahnhof abgeholt wurden. Tante Katja war die Schwester von Tobis Vater. Sie war groß und kräftig gebaut, hatte ebenso pechschwarze Haare wie ihr Bruder und ihr Neffe und war eine echte Frohnatur. Max amüsierte sich über die herzlich-innige Begrüßungsumarmung, die sein Freund am Bahnsteig über sich ergehen lassen musste. Doch da erblickte sie ihn auch schon.

„Da schau her, der Maxl, ja Grüß Gott!", rief Tante Katja laut aus, nachdem sie Tobi aus ihrer Umklammerung entlassen hatte. Unversehens fühlte sich Max, als müsse er mit einem Bären ringen. „Von dir hat der Tobi mir am Telefon ja tolle Sachen erzählt. Willkommen in Bayern, ihr zwei Lausbuben." Sie klopfte Max kräftig auf den Rücken und löste die Umarmung. „Dann wollen wir mal, ihr Burschen. Schnappt euch das Gepäck und aufi geht's."

Die Jungs griffen sich ihre Reisetaschen. Sie grinsten sich an, froh, die Umarmung überlebt zu haben. Folgsam liefen sie im Laufschritt ihrer forschen Gastgeberin zum Auto nach.

Anderthalb Stunden später hatten sie ihr Ziel erreicht. Tante Katja und ihr Mann Flori führten eine kleine Pension in Schwangau. Wunderschön lag diese mitten im Grünen, umgeben von weitläufigen Wiesen und Hügeln. Im Hintergrund ragten die Alpen in die Höhe.

„Das ist traumhaft schön", entfuhr es Max erstaunt.

Tobi, der bereits einige Male die Ferien bei Tante Katja und Onkel Flori verbracht hatte, pflichtete ihm bei: „Sag ich doch. Und da oben", er zeigte auf die Berge, „siehst du sogar die Königsschlösser Neuschwanstein und Hohenschwangau. Wenn du willst, gucken wir uns die mal an, aber bei dem Wetter würde ich eher empfehlen: Ab zum Badesee!"

Tante Katja lachte. „Na, Tobi, nun lass deinen Spezi Maxl doch erst einmal richtig ankommen. Losradeln könnt ihr morgen. Der Flori besorgt euch heute Abend zwei Fahrräder. Bringt eure Sachen hoch, dann gibt es Frühstück. Du kennst dich ja aus, zeig dem Maxl, wo euer Zimmer ist."

„Frühstück, das hört sich gut an. Allmählich hab ich auch ziemlichen Kohldampf. Komm mit, Max, ach nein, entschuldige", Tobi lachte, „hier bist du wohl für zwei Wochen der Maxl."

Nach dem Frühstück räumten sie ihre Sachen in den Schrank ein. Sie hatten ein sehr kleines Zimmer mit Etagenbett und wenig Möbeln, aber mit eigener Toilette, Bad und Dusche. In der Ferienzeit herrschte Hochsaison, da waren alle Zimmer der Pension belegt. Den Jungs war das egal. Sie hatten ohnehin nicht vor, ihre Ferien in dem Zimmer zu verbringen.

Nachdem sie tagsüber die nähere Umgebung zu Fuß erkundet hatten und sich abends mit Onkel Flori in der nahe gelegenen Stadt Füssen zwei Mountainbikes ausgeliehen hatten, starteten sie am zweiten Tag ihre erste Fahrradtour. Tobi hatte vorgeschlagen, dem Alpenfreibad in Trauchgau einen Besuch abzustatten.

„Du bist der Boss, Tobi, du kennst dich hier aus", stellte Max fest. „Fahr vor und ich folge dir."

„So mag ich das, Maxl, immer schön artig und folgsam sein und alles tun, was der liebe Tobi von dir verlangt, braver Maxl!" Er grinste, bis ihn ein Fußtritt voll in den Hintern traf. „Autsch!", rief er. „Das gemeine Fußvolk begehrt auf gegen seinen König Tobi I. Das ist Hochverrat und wird mit Schwitzkasten bestraft!" Lachend stürzte er sich auf Max.

Der wehrte den ungestümen Angriff erfolgreich ab und jagte Tobi über die Wiese.

„Komm, lass es", schnaufte Tobi nach einer Weile, „wir brauchen unsere Puste noch."

Sie schwangen sich auf die Fahrräder und radelten die Romantische Straße entlang nach Trauchgau. Max genoss die wunderschöne Landschaft und das fabelhafte Wetter. Die imposante Bergkulisse machte großen Eindruck auf ihn. Das satte Grün der Hügel, die vielen grasenden Kühe, die vereinzelten Bauernhöfe und die urigen Holzhäuser kamen ihm nach der Millionenmetropole Chicago mit seinen Wolkenkratzern wie eine andere Welt vor. Natur pur! Er zog die klare Luft ein und trat in die Pedale, bis sie das Alpenfreibad erreichten.

Tobi hatte nicht zu viel versprochen – das Bad trug seinen Namen zurecht: Sogar beim Schwimmen hatten sie einen fantastischen Blick auf die Berge. Sie erfrischten sich im angenehm kühlen Wasser des großen Beckens und schwammen ein paar Bahnen. Dann aßen sie ihre mitgebrachten Semmeln und legten sich in den Schatten. Ein paar gleichaltrige Jungs hatten einen Ball mit und verschwanden damit auf dem angrenzenden Spielplatz. Max und Tobi folgten ihnen neugierig. Sie sahen, dass hinter dem Spielplatz ein Rasenplatz mit großen Toren lag. Als die Jungs Mannschaften einteilten, gesellten sie sich dazu.

„Können wir mitspielen?", fragte Max.

„Spuit ihr gut?", war die Gegenfrage eines sommersprossigen, rotblonden Jungen.

„Ich schon", kam Tobi Max bei der Antwort frech zuvor, „er hier geht so."

Max schüttelte lächelnd den Kopf, als er daraufhin von dem Rotblonden der vermeintlich stärkeren Mannschaft zugeteilt wurde. Na warte, Freundchen, dachte er. Dann spielte Max groß auf.

Nach der hohen Niederlage musste Tobi seinen wütenden Mitspielern gegenüber kleinlaut zugeben, dass er vielleicht ein ganz klein wenig angegeben hatte.

Eine Woche später lag Max auf dem hölzernen Steg, der ungefähr dreißig Meter in das glasklare Wasser des Alpsees hineinreichte. Nach sieben Tagen Sonne war seine Haut gebräunt und sein blondes Haar noch heller geworden. In der letzten Woche waren sie viel unterwegs gewesen. Sie hatten sich hauptsächlich an den vielen Badeseen der Umgebung herumgetrieben. Auf dem Forggensee hatten sie nach dem Schwimmen eine große Schiffrundfahrt gemacht und sich ein Essen im Restaurant direkt am See gegönnt. Max hatte einen Allgäuer Spieß mit Kroketten, frischem Salat und leckerer Käsesoße gegessen.

Im Bannwaldsee waren sie an der Badestelle des Campingplatzes ins Wasser gegangen. Dort hatten sie dann das zweite Mal Gelegenheit gehabt, an einem Fußballspiel teilzunehmen. Tobi hatte nach der bitteren Klatsche im Alpenfreibad darauf bestanden, dieses Mal mit Max zusammenzuspielen. Ihre Mannschaft hatte daraufhin 20 : 12 gewonnen. Tobi war anschließend hochzufrieden gewesen. Am Weißensee und am höher in den Bergen gelegenen Alatsee, die sie beide auch zu Fuß umrundet hatten, hatte es ihnen auch gefallen, aber mit großem Abstand am besten gefiel es Max hier am Alpsee.

Der See lag direkt unterhalb der Königsschlösser in den Bergen. Das Wasser war zwar etwas kälter als in den anderen Seen, jedoch wesentlich klarer. Da die mitten im Wald gelegene Badestelle nur zu Fuß oder per Fahrrad erreicht werden konnte, war es hier nicht so voll. Zudem gab es am Kiosk köstlichen Käsekuchen. Auf eben diesen wartete Max im Moment, denn er hatte das Wett-schwimmen gegen Tobi gewonnen. Der Verlierer, so war es abgemacht gewesen, sollte den Kuchen holen. Max blinzelte in die Sonne und spürte, wie die Wassertropfen auf seiner Haut trockneten. Vom Ende des Stegs konnte er die Schlösser gut sehen. Es war ein herrlicher Panora-mablick. Sein Magen knurrte. Max sah sich nach Tobi um. Von dem war weit und breit nichts zu sehen. Wo bleibt die Schnecke nur?, dachte Max. Nach weiteren zehn Minuten machte er sich hungrig auf die Suche nach seinem Freund. Er fand Tobi auf der Terrasse hinter dem Kiosk, zwei Teller mit Käsekuchen in der Hand. Der Grund, warum er mit dem Kuchen nicht bei ihm ange-kommen war, saß an einem der Holztische und kicherte. Genau genommen waren es zwei Gründe, die, wie sich schnell herausstellte, Italienerinnen und Schwestern wa-ren. Sie hießen Gina und Giulia, waren bildhübsch und hatten Tobi auf Deutsch angesprochen, ob er den Kuchen für sie geholt habe. Tobi hatte bereits herausgefunden, dass die beiden Mädchen so gut Deutsch sprechen konn-ten, weil ihre Mutter Deutsche war.

„Was meinst du, Max", fragte er nun, „wollen wir unse-ren köstlichen Käsekuchen diesen beiden Schönheiten spendieren?"

„Na klar!", erwiderte dieser lächelnd. „Ich hole uns zwei neue."

Wenig später saßen die vier zusammen am Tisch und unterhielten sich angeregt. Sie lachten viel und verbrach-ten den schönen sonnigen Tag gemeinsam. Gegen Abend verabredeten sie sich für den nächsten Tag am gleichen Ort. Auf der Rückfahrt schwärmte Tobi die ganze Zeit für Gina, die ein Jahr ältere Schwester. Die Mädchen sahen zwar aus wie Zwillinge, Gina jedoch war siebzehn,

Giulia genau wie Tobi kürzlich sechzehn Jahre alt geworden.

„Diese Augen, wow! Hast du diese Augen gesehen? Und diese Haut, Wahnsinn! Und erst die …"

„Junge, Junge, ist ja gut. Nun krieg dich mal wieder ein", unterbrach ihn Max.

„Hey, warum denn das?", fragte Tobi. „Du hast in Hamburg deine Anna, die auf dich wartet. Ich jedoch bin unbegreiflicherweise noch zu haben, also gilt für morgen folgender Schlachtplan, Kumpel: Du musst Giulia irgendwie ablenken, damit ich mit Gina alleine sein kann, verstanden? Ganz einfach, oder?"

„Alles klar, Casanova", lachte Max. „Ist geritzt. Viel Erfolg!"

„Wie wär's, Giulia", schlug Max am nächsten Tag der jüngeren Schwester vor, „wollen wir einmal um den See spazieren?"

Sie lagen zu viert auf ihren Handtüchern im Schatten eines dichten Busches am See. Giulia sah zu ihrer großen Schwester hinüber. Beide kicherten.

„Ist gut, Max", sagte sie, stand auf und schlüpfte in ihre Schuhe. „Gehen wir."

Max zwinkerte Tobi verschwörerisch zu. „Wir sind in ungefähr zwei Stunden wieder da, besetzt die Plätze, okay?"

Tobi zwinkerte dankbar zurück. „Lasst euch ruhig Zeit", war sein begeisterter Kommentar.

Der Weg um den Alpsee war ein schmaler Pfad, der durch den Wald und stellenweise über einige Holzbrücken führte. Teilweise ging es ziemlich steil den Berg hinauf. Als Max und Giulia am Mariendenkmal eine Pause einlegten und versuchten, Tobi und Gina an der Badestelle auf der anderen Seite des Sees auszumachen, schlang Giulia plötzlich und unerwartet die Arme um Max' Hals.

„Es ist schön, dass du mit mir alleine sein willst", sagte sie, zog ihn sanft zu sich hinunter und küsste ihn.

Max wusste überhaupt nicht, wie ihm geschah. Er traute sich nicht, Giulia zu gestehen, dass er nur seinem Freund Tobi hatte behilflich sein wollen. Und da Anna so weit weg, Giulia aber so unheimlich nahe war, ließ er es sich gerne gefallen. Als die beiden Stunden später Arm in Arm ihren Liegeplatz am Alpseebad erreichten, war es ziemlich offensichtlich, dass auch Tobi und Gina zueinandergefunden hatten.

Ihre letzten Tage im Allgäu verbrachten Max und Tobi ausschließlich mit ihren reizenden italienischen Urlaubsbekanntschaften. Die Zeit verging leider wie im Flug. Tante Katja und Onkel Flori beschwerten sich scherzend, dass sie ihren Neffen nur zum Frühstück sahen, doch nachdem Tobi ihnen Gina und Giulia vorgestellt hatte, konnten sie es ihm nicht übel nehmen. Max musste sich eingestehen, dass er tagsüber überhaupt nicht mehr an Anna dachte. Er hatte nur noch Augen für Giulia. Ihr südländisches Temperament und ihre ansteckende Fröhlichkeit faszinierten ihn. Er genoss jede Minute, die er mit ihr zusammen verbrachte. Abends jedoch, wenn er alleine im Bett lag, fragte er sich ständig, wie er das Ganze zu Hause seiner Freundin Anna erklären sollte. Je mehr er darüber nachdachte, desto mulmiger wurde ihm dabei zumute.

Einzelzimmer (3)

„Hallo, Max! Hi, Tobi!" Daniel stürmte ihnen am Hamburger Hauptbahnhof entgegen. „Wie war es bei euch in Bayern? Ich war eine Woche in Plön im Zeltlager. Das war total klasse, sage ich euch. Einmal haben wir eine Nachtwanderung gemacht und …"

„Daniel!", stoppte seine Mutter den Redefluss ihres jüngeren Sohnes. „Lass deinen Bruder und Tobi doch erst einmal in Ruhe aussteigen und ankommen."

Max klatschte Daniel ab und umarmte seine Mutter. Hinter ihnen stieg Tobi aus dem ICE.

„Hallo, Nervensäge Nummer eins", begrüßte Tobi Daniel. „Wir haben dir einen schönen Bayern-Schal mitgebracht."

„Hahaha", winkte Daniel ab, „den kannst du dir zu Hause im Keller an die Wand nageln."

Max lachte. „Genau, Daniel", unterstützte er seinen kleinen Bruder. „In der nächsten Saison lassen wir die Sportsfreunde aus dem tiefen Süden endlich hinter uns. Der HSV hat sich schließlich gut verstärkt mit seinen Neueinkäufen."

Es entwickelte sich ein Fachgespräch über die zahlreichen Spielertransfers, die in der Sommerpause bereits verkündet worden waren. Währenddessen gingen sie zum Auto, luden ihr Gepäck ein und fuhren los. Daniel saß vorn auf dem Beifahrersitz, Max und Tobi nahmen hinten Platz.

„So, Jungs", forderte Max' Mutter sie auf, „jetzt könnt ihr erzählen, was ihr so alles erlebt habt." Max und Tobi grinsten sich verschwörerisch an. Sie erzählten von Tobis Tante Katja und Onkel Flori, von der tollen Landschaft und den zahlreichen Ausflügen, die sie per Fahrrad im

Allgäu unternommen hatten. Von Gina und Giulia erzählten sie nichts. Max lachte insgeheim in sich hinein. Immerhin hatte Tobi die letzten Tage über nichts anderes gesprochen als über Ginas schöne Augen, Ginas lange Haare, Ginas weiche Haut und so weiter. Sein Freund litt bereits unter Trennungsschmerz. Max war sich ziemlich sicher, dass Tobi einen ausgewachsenen Liebeskummer entwickeln würde. Max selbst hatte Giulia am letzten Tag mit hochrotem Kopf gestanden, dass er in Hamburg eine Freundin hatte. Zum Glück war Giulia trotz ihres italienischen Temperaments nicht ausgeflippt. Zwar war sie traurig gewesen, hatte aber dennoch ihrer Hoffnung Ausdruck verliehen, dass Max ihr mal schreiben würde. Tobi hatte ihn für verrückt erklärt, aber Max hatte sich nach diesem Geständnis erheblich besser gefühlt. Ein schlechtes Gewissen bekam er, als ihm seine Mutter freudig mitteilte, dass zu Hause drei Briefe von Anna auf ihn warten würden.

„Oh, toll!", murmelte er mit Seitenblick auf Tobi. Und bevor dieser einen unpassenden Kommentar dazu abgeben konnte, fragte er hastig: „Sind alle Zimmer ausgebucht?"

„Die letzten Feriengäste treffen heute Nachmittag ein", antwortete ihm seine Mutter. „Du kannst noch fast zwei Wochen tatkräftig mithelfen, bevor wir dich wieder ins Internat bringen."

Max dachte an sein Einzelzimmer, das er beziehen würde. Tobi dachte an Gina. Max' Mutter dachte an die eintreffenden Gäste.

Da nutzte Daniel seine Chance: „Also, Leute, passt mal auf", sprudelte es aus ihm heraus. „Das muss ich euch unbedingt von unserer gruseligen Nachtwanderung erzählen ..."

23

Die nächsten zwölf Tage war Max eifrig damit beschäftigt, die Kinder der Feriengäste auf ihrem Ponyhof Pojenbergen zu betreuen. Alle Kinder liebten sein Pony Gustav, weil es so lieb und so geduldig war und sich stundenlang streicheln und reiten ließ. Außerdem spielte Max mit den Kindern im Maislabyrinth oder streifte mit ihnen durch den Wald und die nähere Umgebung. Manchmal kam Tobi mit, dann kletterten sie in ihr selbst gebautes Baumhaus, spielten Fußball oder schossen auf die Torwand, die Max auf die Rückseite der Scheune gemalt hatte.

Tobi litt spürbar. Er verriet Max, dass er Gina jeden zweiten Tag einen Brief schrieb. Auch Max hatte Anna geschrieben, nachdem er ihre drei Briefe gelesen hatte, war aber der Meinung gewesen, dass ein Brief durchaus reichen würde. Von Gina und Giulia hatte er vorsichtshalber natürlich nichts erwähnt. Er freute sich auf das Wiedersehen mit Anna in Hamburg, aber bis dahin wollte er in Pojenbergen eine schöne Zeit mit seiner Familie haben. Wenn er erst einmal zurück im Internat wäre, würde er wochenlang nicht nach Hause kommen. Seine freie Zeit nutzte er für gemeinsame Unternehmungen und Gespräche mit seinen Eltern, Großeltern, Geschwistern und Tobi.

Viel zu schnell vergingen diese unbeschwerten Tage nach seinem Empfinden. Schon hieß es wieder Abschiednehmen. Obwohl Max einerseits traurig war, dass die Ferien sich dem Ende zuneigten, freute er sich doch auf die anstehenden Veränderungen und die Rückkehr in die Jürgen-Werner-Schule.

Sein Vater brachte ihn schließlich nach Norderstedt. Als Erstes gingen sie ins Büro und begrüßten Herrn Brand.

„Hallo, Max, guten Tag, Herr Hansen!", empfing dieser sie gut gelaunt. „Bereit für den Umzug?"

Max und sein Vater nickten.

„Du ziehst in Apartment 10", teilte Herr Brand Max mit. „Da hat vorher Mike gewohnt. Er hat sich eine eigene Wohnung genommen."

Max freute sich. Er hatte gehofft, dass er das Zimmer von Mike bekommen würde. Mike würde nach zwei Jahren als Kapitän der A-Jugend-Mannschaft in der nächsten Saison bei den Amateuren spielen. Er hatte bereits einige Male bei den Profis mittrainieren dürfen, was ihm bei allen Jungs im Internat gehörig Respekt eingebracht hatte.

„Hier sind die Schlüssel", sagte Herr Brand. „Viel Spaß beim Zimmerwechsel!"

Es dauerte nicht länger als eine Stunde, dann hatte Max mithilfe seines Vaters alle persönlichen Sachen gepackt, aus Apartment 12 schräg über den Flur in Apartment 10 gebracht und dort wieder eingeräumt.

„Tolles Zimmer, tolle Aussicht!", befand sein Vater, als sie fertig waren. Er legte seinem Sohn den Arm um die Schulter. „Und wie man damit umgeht, weißt du ja." Er zeigte auf die kleine Küchenecke.

Im Gegensatz zu dem Doppelzimmer, das Max sich bisher mit Moritz geteilt hatte, befanden sich in dem Einzelzimmer ein Herd und ein Spülbecken. Das war aber nicht das Einzige, was neu war.

„Guck mal, Papa, jetzt habe ich meinen eigenen PC. Da werde ich wohl doch aufs E-Mail-Schreiben umsteigen."

Sein Vater nickte. „Deine Großeltern werden sich über einen richtigen Brief mehr freuen, aber für uns und deine Freunde ist das natürlich praktisch. Jetzt brauchst du nur noch deine eigene E-Mail-Adresse. Wenn du sie hast, mail sie uns einfach rüber."

„Na klar, das mache ich." Max trat ans Fenster und schaute auf den Rasenplatz, der im Licht der untergehenden Sonne dunkelgrün glänzte. Das war wirklich besser als der Blick auf den Parkplatz. „Super, wie sich der Platz erholt hat", freute er sich. „Das erste Training kann kommen."

„Geht es gleich morgen früh wieder los?", fragte sein Vater.

„Ja", bestätigte Max. „Um 10.00 Uhr, und dann noch einmal um 17.30 Uhr. Letztes Jahr haben wir in der zweiten Trainingseinheit ordentlich Kondition gebolzt. Da floss der Schweiß in Strömen."

Herr Hansen lachte. „Keine Angst, Max. Du hast dich doch in den Ferien fit gehalten. Brauchst du noch irgendetwas? Sollen wir einkaufen fahren?"

Max schüttelte den Kopf. „Nein, danke. Ich hänge eben schnell das Bild vom Ponyhof auf, und dann darfst du mir zum Abschied eine Pizza spendieren. Du musst bestimmt wieder los, was?"

Sein Vater bestätigte dies. „Einverstanden, mein Großer. Ich gehe schon runter und warte bei Herrn Ramm. Er wollte etwas mit mir besprechen." Herr Ramm koordinierte die Zusammenarbeit mit den externen Heidbergschulen. „Hoffentlich wird er mir nicht berichten, dass du wegen schlechten Betragens von der Schule geflogen bist." Herr Hansen grinste seinen Sohn frech an.

Dieser wies ihm in gespielter Empörung den Weg zur Tür. „Raus hier, aber dalli!"

Beide lachten.

Als sein Vater weg war, wanderte Max durch das Internat. Nach und nach trafen die letzten Bewohner ein. Moritz war auch schon da. Er hatte das Zimmer neben Max bezogen, das Apartment Nr. 9.

„Du gönnst mir die 10 nicht einmal bei der Zimmernummer, was, Max?", stellte er flachsend fest.

„Tut mir leid, Moritz", erwiderte Max. „Die 10 ist meine Schicksalszahl. Aber sag mal, weißt du, wie wir uns eine eigene E-Mail-Adresse besorgen können?"

Moritz schüttelte den Kopf und verdrehte die Augen. „Oh Mann", murmelte er. „Und dieser Typ will ein Spielmacher sein."

Zwanzig Minuten später hatte er Max am PC alles eingerichtet. „So, fertig", stellte er zufrieden fest. „Nun kannst du loslegen. Übrigens habe ich ein paar fetzige Spiele mit. Wenn du Lust hast, zeige ich dir, wie sie funktionieren."

Max bedankte sich bei seinem ehemaligen Zimmergenossen, der seit heute sein Nachbar war. Nach dem klärenden Gespräch am Ende der letzten Saison mit Herrn Brand und Herrn Rauer, in dem Moritz ihnen alles über die unheilvolle Rolle seines vorherigen Trainers Herrn Carstensen anvertraut hatte, hatte sich die Beziehung zwischen Max und Moritz deutlich verbessert. Dennoch war Max froh, dass er jetzt ein Einzelapartment bewohnte. Abends legte er sich ins Bett, nachdem er Tobi und seinen Eltern seine E-Mail-Adresse mitgeteilt hatte, und schloss die Augen. Da sein Zimmer zum Sportplatz raus lag, war es leiser als in Apartment 12. Dort war des Öfteren das Zuschlagen von Autotüren zu hören gewesen. In der ersten Nacht in seinem Einzelzimmer schlief Max tief und fest.

„Guten Morgen, Jungs!", wurden sie am nächsten Morgen von Herrn Rauer begrüßt. „Schön, dass ihr alle gesund und munter wieder da seid. Herzlichen Glückwunsch übrigens noch zum 1. Platz in Chicago. Ich habe euch doch gesagt, dass ihr es auch ohne mich schaffen werdet." Ihr Trainer strahlte vor Freude. „Im Gegenzug dürft ihr mir zur Geburt einer bildhübschen Tochter gratulieren."

Die Jungs klatschten begeistert und einige pfiffen laut auf den Fingern.

„Diese beiden erfreulichen Anlässe werden wir am Sonntag in der Eisdiele auf meine Rechnung gebührend feiern", fuhr Herr Rauer fort. Lauter Jubel ertönte. „Vorher jedoch", beruhigte ihr Trainer die Gemüter, „haben wir noch so einiges mit euch vor. Wie ihr seht, gibt es keine Neuzugänge. Es werden auch keine mehr erwartet. Unser Kader ist stark besetzt. Heute Morgen fangen wir ganz locker an. Dehnen, Stretching, Trainingsspielchen. Am Nachmittag wird es eine neunzigminütige Einheit ohne Ball geben."

Max schaute zu Valentin hinüber, der gequält das Gesicht verzog.

Das aufkommende Gemurmel überhörte Herr Rauer beflissentlich und fuhr ungerührt fort: „Für morgen um 10.00 Uhr ist eine weitere Trainingseinheit angesetzt, bevor wir am Sonntag um 14.00 Uhr gegen unsere ältere B-Jugend spielen. Wie ihr alle wisst, fängt diese Saison eher an als sonst und endet entsprechend früher. Grund ist die Weltmeisterschaft, die nächstes Jahr am 9. Juni losgeht. Darum haben wir nur zwei Vorbereitungsspiele, bevor am übernächsten Sonntag bereits das erste Punktspiel ansteht. Das zweite Testspiel machen wir am Mittwochabend gegen Spatzenwerder, um in den Rhythmus einer englischen Woche zu kommen. Den Mittwoch darauf spielen wir nämlich die erste Pokalrunde. Tolga und Valentin werden sich bestimmt freuen, es geht gegen Komet Blankenese."

Die beiden Iserbrooker Jungs grinsten. Komet war ihr ehemaliger Verein.

„Also", schloss Herr Rauer seine Rede zum Trainingsauftakt, „es gibt viel zu tun, Jungs – packen wir es an!"

Und damit begann in der jüngeren B-Jugend für Max seine zweite Saison beim Hamburger Sport-Verein.

Kräftemessen (4)

Das lockere Trainingsspielchen zum Auftakt war ganz nach dem Geschmack von Max und seinen Mitspielern. Ohne taktische Zwänge tricksten und zauberten sie munter drauflos. Im Spiel 9 gegen 9 auf dem großen Feld nutzten sie den reichlich vorhandenen Platz. Herrliche Kombinationen, Doppelpässe und Ballstaffetten zeugten von ihrer Lust am Spiel. Zahlreiche Tore belegten, dass ihnen der Zug zum Tor und der notwendige Ehrgeiz in den Sommerferien nicht abhanden gekommen waren. Nach einer knappen Stunde beim Stand von 8 : 8 war die Luft raus. Herr Rauer brach das Spiel ab und lobte die gelungenen Spielzüge.

„Ohne Olaf und Konstantin in den Toren wären noch wesentlich mehr Tore gefallen", lobte ihr Trainer auch die Torhüter. „Ruht euch jetzt anständig aus, damit ihr heute Nachmittag wieder fit seid. Da werden wir ein bisschen was für eure Kondition tun." Er grinste schelmisch und schickte seine stöhnenden Jungs in die Kabinen.

Abends um 19.30 Uhr kamen die Jungs nach der Trainingseinheit ohne Ball erschöpft, aber zufrieden aus den Duschen. Sie hatten das harte Ausdauertraining hinter sich und waren froh, dass sie sonst immer mit dem Ball am Fuß trainieren durften. An diesem Abend gingen achtzehn müde Jungen früh ins Bett.

Am Sonnabend machten sie ein lockeres Aufwärmprogramm und übten verschiedene Eckball- und Freistoßvarianten sowie Spielsituationen im Abwehr- und Angriffverhalten. Im Anschluss versammelte Herr Rauer seine Spieler auf dem Rasen um sich. Er hielt eine längere Ansprache in Bezug auf ihre Spielweise und die taktische Ausrichtung für die neue Saison:

„Die Anforderungen im technisch-taktischen Verhalten werden in der B-Jugend anspruchsvoller. Wir werden im Verlauf der Saison beispielsweise mit drei verschiedenen Mittelfeldorganisationen agieren. Zu Beginn laufen wir mit zwei Viererketten auf, wobei Max, unsere Nummer 10, bei Ballbesitz sofort in die Offensive geht. Ab Dezember sind alle vier Mittelfeldpositionen zentrale Positionen in einer Mittelfeldraute. Zum Ende der Saison, ab April, spielen wir mit einer Doppelsechs, also einem Abwehrblock mit zwei Sechsern davor und vier offensiven Spielern. Wir werden die jeweilige Spielform im Training ausgiebig üben und im Wettkampf umsetzen. Morgen wird euer Spiel auf Video aufgezeichnet, sodass Marcello und ich euch anhand der gefilmten Spielszenen positive und negative Beispiele der Umsetzung vor Augen halten können."

„So, so", unterbrach ihn der lange Andi und strich sich mit der Hand über sein weißblondes Haar, „wir werden also gefilmt? Da muss ich vorher unbedingt noch zum Friseur."

„Keine Panik, Andi", beruhigte ihn Kotrainer Marcello, „das kann ich dir gleich hier mit der Heckenschere besorgen." Die Jungs lachten.

Ihr Trainer fuhr fort: „Morgen im Spiel gegen die ältere B-Jugend will ich schnelles, direktes Kurzpassspiel sehen und Pressing von den beiden Viererketten. Wir starten mit Olaf im Tor. Abwehr links Ali, in der Mitte Marc und Andi, rechts Valentin. Im Mittelfeld links Werner, daneben Moritz, Max und Justus. Vorne links Sven, rechts Tolga. Eine Halbzeit lang will ich von dieser Elf vollen Einsatz und Power sehen, verstanden? In der zweiten Halbzeit werden alle anderen Spieler eingesetzt und übernehmen exakt die Positionen ihrer Vorgänger. Also schaut in der ersten Hälfte gut zu, beobachtet genau die Spielweise eurer Gegenspieler. Versucht ihre Schwachpunkte auszumachen und diese dann auszunutzen. Ist das klar für Eyk, Hendrik, Shariyar, Nick, Cem, Simon und Konstantin?" Die angesprochenen Spieler nickten. „Gut, dann noch ein Wort zum Angriffsverhalten: Entweder schnelles, konstruktives Passspiel durchs Zentrum oder über die Außen zum schnellen Torabschluss. Sucht in der Vorwärtsbewegung den Zweikampf, die 1 : 1-Situation. Es ist kein Beinbruch, wenn ihr mal hängen bleibt. Eure Gegner sind euch schließlich ein Jahr voraus. Fragen?"

Valentin meldete sich zu Wort: „Ist Max wieder Kapitän oder müssen wir neu wählen?"

„Wollt ihr denn neu wählen?", fragte Herr Rauer zurück.

Die Jungs schüttelten alle den Kopf, auch Moritz.

„Na dann, Max, das war ein eindeutiges Votum. Du nimmst die Wahl doch sicherlich an, oder?"

„Natürlich, gerne!", antwortete Max und erntete dafür einen kräftigen Applaus seiner Mitspieler.

„Dann wäre das ja geklärt", stellte ihr Trainer fest. „Den Stellvertreter bestimme ich, falls es einmal nötig werden sollte. Sonst noch Fragen?"

„Ja", jetzt hob auch Andi die Hand. „Sag mal, Marcello, was soll dein Heckenscherenhaarschnitt denn kosten?"

„Für dich mache ich das doch liebend gerne umsonst, Blondi", erwiderte Marcello und sprang auf. „Komm her, du Feigling!"

Lachend stürzte er sich auf den langen Andi, doch der war ebenfalls schon auf den Beinen und spurtete in Richtung Kabinen davon. Die Trainingseinheit war damit beendet.

Alle freuten sich auf das erste Vorbereitungsspiel gegen die ältere B-Jugend. Am Sonntag vor dem Anpfiff warnten Max und Moritz ihre Mitspieler erneut vor den Stärken der drei Internatsschüler: Alban war ein herausragender Torwart, Kolja der russischstämmige Mittelfeldmotor und Dennis ein trickreicher Stürmer mit gewaltigem Bums.

„Den dürft ihr im Strafraum nicht zum Schuss kommen lassen, sonst muss sich Olaf zwei neue Hände bestellen, falls er zufällig an den Ball kommt", bläute Moritz der Abwehr ein.

Und Max gab seinen Stürmern den Rat, hart, flach und platziert zu schießen, um Alban überwinden zu können. Um Kolja, da waren sich Max und Moritz einig, würde sich Moritz kümmern müssen. Er war der Einzige, der einen ebenso schnellen Antritt hatte wie der Zehner ihrer

Gegner. Ein paar letzte aufmunternde Worte ihres Trainers, dann streifte sich Max die Kapitänsbinde über und führte seine Mannschaft auf den Platz.

Der Himmel hatte sich mit dichten Wolken bezogen. Als Zuschauer waren hauptsächlich Eltern und Freunde gekommen, aber auch einige der HSV-Jugendtrainer wollten sich dieses sportliche Kräftemessen nicht entgehen lassen. Der Gewinn der letztjährigen Meisterschaft und des Chicago-Cups hatte für Aufsehen gesorgt. Die Mannschaft würde von nun an im Fokus der Aufmerksamkeit stehen. Vor allem ihr Kapitän.

Max gab dem Schiedsrichter die Hand, gewann die Seitenwahl und wartete auf den Anpfiff. Endlich war es so weit!

Die ältere B-Jugend hatte Anstoß und legte los wie die Feuerwehr. Von der ersten Sekunde an merkte man, dass sie sich nicht von den Jüngeren düpieren lassen wollten. Kolja zog seinen gefürchteten Spurt an, hielt sich Moritz mit dem Arm vom Leib und passte steil auf Dennis. Der zögerte keinen Moment und zog aus der Drehung wuchtig ab. Nur mit Mühe konnte Olaf den Ball zur Ecke lenken. Jetzt wusste er, was Max und Moritz gemeint hatten. Den Eckstoß köpfte Andi weit raus auf Werner, der sich geschickt von seinem Gegenspieler lösen konnte. Er spielte gekonnt Doppelpass mit Max und wurde dann unsanft von den Beinen geholt. Es gab Freistoß von der halblinken Position. Max legte sich den Ball zurecht. Er zirkelte ihn auf den Kopf von Tolga, der sich hochgeschraubt und ihn voll mit der Stirn erwischt hatte. Die Kunstlederkugel flog in einem Bogenlampenwinkel auf das Tordreieck zu, doch Tolga freute sich zu früh. Alban flog mit ausgestrecktem Arm nach hinten und lenkte den

Ball mit den Fingerspitzen über die Latte. Selbst Olaf applaudierte von der anderen Seite für diese sehenswerte Parade.

Im folgenden Spielverlauf setzte die jüngere B-Jugend die Vorgaben ihres Trainers diszipliniert um. Die beiden Viererketten spielten konsequent Pressing und ließen nur wenige Torchancen zu. Marc stand Dennis auf den Füßen, Moritz ließ Kolja keinen Meter Raum. Kurz vor der Halbzeit schlug Valentin von der Mittellinie eine weite hohe Flanke vor das gegnerische Tor. Wieder sprang Tolga höher als sein Bewacher. Dieses Mal jedoch köpfte er nicht auf das Tor, sondern zurück auf Sven. Schnörkellos zog die Nummer 11 ab und hämmerte den Ball volley ins Netz. Dem Jubel folgte der Halbzeitpfiff.

„Klasse gespielt, Jungs!", lobte ihr Trainer sie. „Wechsel jetzt wie abgesprochen. Andi, Valentin, Max und Moritz spielen durch. Die anderen wissen, was sie zu tun haben. Denkt daran: kurzes, präzises Passspiel, Zweikämpfe suchen. Traut euch was zu, Jungs, lasst sie nicht ins Spiel kommen. Spielt weiter Pressing!"

Seine Spieler klatschten sich ab und feuerten sich gegenseitig an.

Die zweite Halbzeit begann wie die erste mit einem Blitzstart ihrer Gegner. Es war offensichtlich, dass diese das Spiel auf keinen Fall verlieren wollten. Ihre heftigen Angriffsbemühungen wurden bald von Erfolg gekrönt: Eine Ecke von Kolja faustete Olaf in höchster Bedrängnis mit einer Hand aus dem Strafraum. Genau vor die Füße von Dennis. Ein Schuss wie ein Strich und es stand 1 : 1. Herr Rauer schimpfte vom Rand mit Cem, der Marcs Position eingenommen, aber nicht dicht genug bei Dennis gestanden hatte. Dann feuerten er und Marcello ihre Jungs an, weiter Gas zu geben. Das Spiel war nun sehr ausgeglichen. Keine Mannschaft riskierte mehr viel, denn niemand wollte dieses Kräftemessen verlieren. Es war wieder einmal Max, der den Unterschied ausmachte. Fünf Minuten vor Spielende gab es einen Freistoß aus zentraler Position, zwanzig Meter vom Tor entfernt. Alban postierte eine vier Mann starke Mauer. Seine Mitspieler waren gut abgedeckt. Max war sicher, dass Alban mit seiner enormen Sprungkraft den Ball halten würde, wenn er ihn über die Mauer schlenzen würde. Da fielen ihm zwei Dinge ein: Erstens die Aufforderung seines Trainers, sich etwas zuzutrauen. Zweitens der Freistoß seines Vorbildes Ronaldinho in der Champions League gegen Weser Bremen. Dieser hatte die Kugel aus ähnlicher Position einfach unter der Mauer hindurch ins Tor geschossen. Der Bremer Torwart Tom Weide hatte keine Chance gehabt. Max machte einen langen Hals und guckte über die Mauer hinweg, als wolle er Maß nehmen für einen Winkeltreffer. Dann nahm er drei Schritte Anlauf und drosch den Ball hart, flach und platziert in Richtung rechter Pfosten. Tatsächlich taten ihm die vier Spieler in der Mauer den Gefallen und sprangen hoch. Keine Sekunde später prallte die Kugel vom Innenpfosten ins Tor. Alban stand bewegungslos auf der Linie und starrte ungläubig auf seine Mauer. Max drehte jubelnd ab und ließ sich von seinen Mitspielern feiern. Am Spielfeldrand klopfte der Trainer der älteren B-Jugend Herrn Rauer anerkennend auf die Schulter.

Die beiden blieben bis zum Abpfiff einträchtig nebeneinander stehen. Es fiel kein Tor mehr. 2 : 1 hatte die jüngere B-Jugend das Kräftemessen für sich entscheiden können. Die Trainer bedankten sich gegenseitig für das faire Spiel. Dann eilten beide zu Max, um ihm zu diesem frechen Tor zu gratulieren.

Seriensieger (5)

In der Eisdiele war der Trubel groß. Herr Rauer und Marcello stießen mit einem Eiskaffee an, während die Jungs sich jeweils fünf Kugeln Eis ausgesucht hatten. Mehr noch als der erfolgreiche Start in die Vorbereitung und das Traumtor von Max freuten sich die Trainer über die gewachsene Kameradschaft in der Truppe. Sie sahen der Saison mit Vorfreude entgegen, aber auch mit einer gewissen Skepsis.

„Was hast du denn mit Rudolf nach dem Spiel noch besprochen?", fragte Marcello. Rudolf Esteban war früher selbst HSV-Profi gewesen und trainierte nun zusammen mit Herrn Ramm die ältere B-Jugend.

„Ist doch klar", antwortete Herr Rauer. „Er hat großes Interesse an Max signalisiert. Zum Glück hat er mit Kolja einen ähnlichen Spielertypen, der als dominanter Zehner das Spiel organisiert und auch noch torgefährlich ist. Sonst würden sie Max wohl sofort übernehmen."

Marcello seufzte. „Ja, er ist wirklich ein Riesentalent. Freuen wir uns, solange wir ihn haben."

Herr Rauer nickte nachdenklich.

Am Abend sah Max, dass eine E-Mail von Tobi eingegangen war. Sein Freund wollte wissen, ob sie heute gewonnen hatten und ob Max sich auf das morgige Wiedersehen mit Anna freute. Beides bejahte Max in seiner Antwort. Er schickte außerdem noch eine Mail an seine Familie. Zum Telefonieren war er zu müde.

Im Bett dachte er an den morgigen ersten Schultag und an Anna. Max hatte ein schlechtes Gewissen, weil Anna ihm in den Sommerferien insgesamt sechs Briefe geschrieben hatte. Er hingegen hatte nur eine Postkarte aus

Chicago und einen Brief geschrieben. Und dann war da natürlich noch die Sache mit Giulia. Oje! Tobi hatte ihn beschworen, von seinem Urlaubsflirt kein Sterbenswörtchen zu erwähnen, wenn ihm etwas an der Beziehung zu Anna liegen würde. Selbstverständlich wollte er mit seiner Freundin zusammenbleiben. Musste er sie dazu anlügen? Konnte er das überhaupt? Grübelnd schlief er ein.

Anna wartete vor der Schule auf ihn. Als sie Max sah, flog sie ihm sofort in die Arme.

„Wir sind gestern Abend erst spät wiedergekommen", sagte sie, „sonst hätte ich dich noch angerufen. Bist du mir böse?"

Max wurde warm zumute. „Warum sollte ich dir böse sein?", fragte er. „Wie war der Urlaub?"

„Super!", schwärmte Anna. „Griechenland ist toll. Das Einzige, was mir gefehlt hat, warst du. Obwohl die griechischen Jungs auch gar nicht so übel aussehen", fügte sie lächelnd hinzu.

Sofort traf Max der Stachel der Eifersucht. „Solange sie nur gut ausgesehen und nicht geküsst haben ...", murmelte er.

„Ach Max, der Einzige, der mich küssen darf, bist du. Auch wenn einige Griechen deswegen schwer enttäuscht waren."

Max schlang die Arme fest um sie, als wolle er sie mit niemandem auf der Welt teilen.

Anna löste sich aus seiner Umarmung, schaute ihm tief in die Augen und fragte die Frage, vor der er sich so sehr gefürchtet hatte. „Und du, warst du mir auch treu?"

Max wurde wärmer als warm, glühend heiß wurde ihm. Er zog Anna an sich, um ihr nicht in die Augen sehen zu müssen, legte sein Kinn auf ihren Kopf, streichelte ihren

Rücken und stieß hervor: „Aber Anna, das weißt du doch." Max spürte ihren erleichterten Seufzer. Er fühlte sich wie der größte Drecksack auf Erden, als Anna ihn zärtlich küsste.

„Hi, Max, da bist du ja", begrüßte ihn Pete, als er zusammen mit Anna beim Glockenton die Klasse betrat.
Beide nahmen schnell ihre Plätze ein. Der Lehrer begrüßte die Klasse.
Pete flüsterte: „Kleine Willkommensknutscherei vor dem Unterricht, was?" Sein Sitznachbar grinste breit und boxte ihm in die Seite. „Wann geht die Saison los?"
„Pete, würdest du bitte nicht bereits in der ersten Schulminute nach den Sommerferien den Unterricht stören!", bat ihr Lehrer energisch.
Jetzt war es Max, der Pete breit angrinste.

Unter der Woche schlugen sie Spatzenwerder auf der südlichen Seite der Elbe mit 4 : 1. Werner, Justus, Sven und Eyk hatten den klaren Sieg herausgeschossen. Max hatte drei der vier Tore vorbereitet. Am Sonnabend stand ihr erstes Punktspiel gegen den TSV Hannover an. Max erinnerte sich nur ungern an das Auftaktspiel der letzten Saison, sein erstes Pflichtspiel für den HSV überhaupt. Es war derselbe Gegner, und er hatte die Rote Karte bekommen, weil sein Gegenspieler gut geschauspielert hatte. Mit großer Erleichterung stellte er fest, dass dieser unfaire Typ nicht dabei war.
„Hallo", begrüßte er den Mannschaftsführer der Hannoveraner. „Wo ist denn eure verrückte Nummer 6 geblieben?"

Der Gastkapitän lachte. „Der ist wegen Disziplinlosigkeit aus dem Kader geflogen. Du warst nicht sein einziges Opfer. War höchste Zeit, wenn du mich fragst."

Max nickte zufrieden. „Na dann, auf ein faires Spiel", wünschte Max seinem Gegenüber Glück.

Dieser erwiderte den Wunsch. Im Gegensatz zu ihren beiden bisherigen Aufeinandertreffen wurde es tatsächlich ein ausgesprochen faires Spiel, das dennoch mit großer Leidenschaft, erlaubter körperlicher Härte und vollem Einsatz geführt wurde. Die spielerischen Glanzpunkte kamen vonseiten der HSV-Elf. Hinten standen sie kompakt, im Mittelfeld wirbelten Max und Moritz umher, und vorn trafen ihre Stürmer. Einmal Sven, einmal Tolga, einmal der in der zweiten Halbzeit eingewechselte Eyk steuerten die Tore zum hochverdienten 3 : 0-Sieg bei. Bemerkenswert war, dass es drei Kopfballtore gewesen waren und Valentin jeweils die präzisen Flanken dazu getreten hatte. Das gab ein Sonderlob von den Trainern.

„Aber nicht, dass du dich am Mittwochabend gegen Komet auf deinen Lorbeeren ausruhst, um deine ehemaligen Mitspieler zu schonen", unkte Marcello.

„Keine Sorge", beruhigte ihn sein offensiver Rechtsverteidiger, „Tolga und ich machen das schon."

Und Valentin hielt Wort. Auf dem Sportplatz Dockenhuden, im Volksmund Docksche genannt, auf dem Komet Blankenese seine Heimspiele austrug, hatten sie dank einer starken zweiten Halbzeit leichtes Spiel. 5 : 2 gewannen sie nach einem 1 : 2-Rückstand zur Pause. Tolga und Valentin per Elfmeter gegen einen Klassenkameraden im Kometer Tor sowie dreimal Max hießen die Torschützen. Nach dem Spiel wurde Herr Rauer von dem Vereinsvorsitzenden Herrn Brecht gefragt, ob er mit seiner Mannschaft zur Feier des hundertjährigen Vereinsjubiläums im Jahr nach der WM ein Freundschaftsspiel austragen könne. Herr Rauer versprach, diesen Wunsch bei der Jahresplanung zu berücksichtigen. Für eine verbindliche Zusage war es zwar zu früh, aber er machte dem Komet-Chef Hoffnung.

„Das wäre toll", freute sich Herr Brecht, „denn in dieser Mannschaft stehen immerhin drei Iserbrooker Jungs. Leider haben diese drei uns heute im Alleingang aus dem Pokal geschossen. Auch wenn Max das Fußballspielen zugegebenermaßen nicht bei uns gelernt hat, ist das doch allemal ein gutes Zeichen für unsere Jugendarbeit."

„Da haben Sie recht", pflichtete der HSV-Trainer ihm bei, „da haben Sie absolut recht."

Herr Rauer hoffte wirklich inständig, dass er diese tolle Truppe auch noch in zwei Jahren trainieren würde.

Max fuhr nach dem Spiel mit zu Valentin.

Herr Schela hatte sich das Spiel angesehen und schwärmte im Auto: „Junge, Junge, da habt ihr aber gezaubert in der zweiten Halbzeit. Dein Seitfallziehertor zum 2 : 2, Max, war wirklich spitze!"

„Es ist ja auch ein toller Rasenplatz hier", befand Max. „Top gepflegt!"

„Trotzdem war das Tor super", mischte Valentin mit. „Ich finde allerdings, dass du es bei diesem einen Tor hättest belassen können. 3 : 2 hätte doch auch gereicht."

„Natürlich, damit dein Elfmeter das Siegtor zum Endstand gewesen wäre, was? Sei doch froh, Val, dass ich dich schießen lassen und danach noch zwei Tore selbst gemacht habe. Sonst hätten sie dich als Komet-Killer aus dem Dorf gejagt."

Valentin und sein Vater lachten. Beide stimmten lautstark das Komet-Lied an, das sie früher immer gesungen hatten:

„Komet, Komet,
ein Stern, der am Fußballhimmel steht.
Wir halten immer zueinander,
auch wenn es einmal abwärts geht.
Komet, Komet."

„Sag mal, Max", fragte Herr Schela anschließend, „wann musst du morgen früh los in die Schule?"
„Ich muss die Bahn um 6.33 Uhr nehmen", antwortete Max.
„Oh Mann, da müssen wir ja um 5.30 Uhr aufstehen", stöhnte Valentin. „Schade, dass kein Wochenende ist."
„Das stimmt", bestätigte Max nickend. „Aber das holen wir nach, oder?"
„Ja, logisch", stellte Herr Schela fest. „Jederzeit gerne, Max. Sag einfach Bescheid, wann es dir passt."
Sie aßen alle zusammen zu Abend. Frau Schela hatte einen Nudelauflauf und Salat gemacht.
Marie und Frederick waren auch da. Sie wollten natürlich sofort wissen, wie das Spiel ausgegangen war. Leider hatten beide nicht zusehen können, weil sie eine leichte Sommergrippe plagte. Herr Schela schilderte ihnen ausführlich alle sieben Tore. Max und Valentin amüsierten sich über die bewundernden Blicke von Frederick, der ausnahmsweise einmal zuhörte anstatt zu reden.

Besser konnte es für Max nicht laufen. Mit Anna war alles klar, in der Schule hielt er gut mit und seine Mannschaft eilte von Sieg zu Sieg. Im Herbst standen sie mit sechs Punkten Vorsprung vor Weser Bremen auf Platz 1 in ihrer Staffel. Ihre grün-weißen Rivalen hatten sie auswärts in einem packenden Duell mit 1 : 0 geschlagen. Das Tor hatte Max bereits in der dritten Minute mit einem fulminanten Weitschuss erzielt. Anschließend hatte sein Team dem Dauerdruck standhalten können und war mit Kontern über ihre schnellen Spitzen immer gefährlich geblieben. Es war laut Herrn Rauer ihr bestes Spiel bisher gewesen, das sie mit einer geschlossenen Mannschaftsleistung, Disziplin und einer sensationell guten Zweikampfbilanz gewonnen hatten. Nicht zu vergessen natürlich das Tor von Max aus fast dreißig Metern Torentfernung. Der Hamburger Kapitän hatte sogar ein Lob vom gegnerischen Trainer eingeheimst. Im Pokal hatten sie zwei weitere Runden erfolgreich bestritten, ohne dabei ein Gegentor kassiert zu haben. Olaf hielt stark im Tor und die Abwehr stand, von Andi lautstark organisiert, wie eine Eins. Mittelfeld und Sturm waren ungemein torgefährlich. Es sprach für die Mannschaft, dass jeder von ihnen in der Lage war, einen Treffer zu erzielen. Sie waren für den Gegner schwer auszurechnen, was vor allem daran lag, dass sie im Training häufige Positionswechsel übten. Sie waren eine eingespielte Mannschaft mit tollem Teamgeist und einem sehr gesunden Selbstvertrauen. Von Verletzungen und Sperren verschont, marschierten sie ungeschlagen durch ihre Spiele. Im Training zogen alle voll mit. Es herrschte ein harter, aber fairer Konkurrenzkampf, jeder Spieler wollte am Wochenende in der Startelf auflaufen. Eine hervorragende Ausgangsbasis für ihre beiden Trainer, die ihre Lage genießen konnten. Aber jede schöne Zeit findet leider irgendwann ihr Ende.

Herr Rauer hörte als Erster von den Gerüchten aus dem Internat. Er sprach lange mit Herrn Brand. Es war Ende Oktober. Morgen, am 1. November, würden sie zu Hause auf der Paul-Hauenschild-Anlage gegen Altona spielen. Danach würde Max die ganze Mannschaft ins Kino einladen. Es war sein 16. Geburtstag. Herr Brand und Herr Rauer beschlossen, Max nicht seinen Geburtstag zu verderben. Am Montag jedoch würden sie es ihm sagen müssen.

Geburtstag (6)

Um 8.00 Uhr klingelte das Telefon neben seinem Bett. Max war sofort hellwach.

„Max Hansen, 16 Jahre alt", meldete er sich. Er hörte das Lachen seiner Mutter und vermisste sie.

„Alles Gute zum Geburtstag, mein Großer!"

„Danke, Mama", sagte er. Dann fragte er misstrauisch: „Ihr kommt doch nachher, oder?"

„Natürlich!", beruhigte ihn seine Mutter. „Alle Mann hoch! Ich konnte es nur nicht abwarten, dir zu gratulieren. Außerdem", fuhr sie fort, „möchte dir der Hansen-Chor ein Ständchen bringen. Also los, eins, zwei, drei … Happy birthday to you, happy birthday to you …", klang es durch den Hörer.

Max lachte. Er erkannte die Stimmen seiner Eltern, seiner Großeltern und seiner Geschwister.

„Danke, danke! Das reicht", sagte Max. „Aber erzählt Daniel bitte, dass er beim nächsten Mal erst sein Frühstück runterschlucken soll, bevor er singt."

„Das habe ich gehört!", rief sein kleiner Bruder. „Das kriegst du nachher wieder!" Die ganze Familie lachte.

Der Tag fing gut an für Max. Dreimal in drei Monaten war er in dieser Saison erst zu Hause gewesen. Zweimal davon sogar nur einen Tag, weil sie jedes Wochenende Spiele gehabt hatten. Heute würde seine ganze Familie sich das Spiel gegen Altona ansehen. Nach dem Kinobesuch mit der Mannschaft würde Max mit ihnen zurück nach Pojenbergen fahren. Max hatte sich von seinen Eltern zum Geburtstag gewünscht, dass Anna mitkommen dürfe. Nach längerem Überlegen und Rücksprache mit den Eltern seiner Freundin hatten sie ihre Zustimmung gegeben. Anna würde bei Jenny mit im Zimmer schlafen. Max zog sich an und ging zum Frühstück hinunter. Frau Wolke, Herr Brand und Herr Ramm gratulierten ihm, ebenso die anwesenden Jungs. Als Geschenk bekam Max einen Gutschein für zwei Eintrittskarten zur Fußballweltmeisterschaft.

„Wir wissen noch nicht, für welches Spiel", erläuterte Herr Brand, „aber es wird schon eine interessante Paarung sein, versprochen!"

Von Moritz erhielt Max eine selbst gebrannte CD von der angesagten Band „Juni", die er und Anna so gerne hörten.

Alban hieb ihm seine Pranke auf die Schulter. „Mein Geschenk hast du ja schon im Spiel gegen uns bekommen", scherzte er. „Normalerweise halte ich so einen Freistoß mit der Mütze."

Max lächelte. Alban hatte nach dem kuriosen Freistoßtor eine ganze Woche nicht mit Max gesprochen, so ehrgeizig war er. Jetzt konnte der Torwart der älteren B-Jugend schon wieder darüber lachen. Seine Reaktion vor einigen Monaten hatte Max und Moritz jedoch gezeigt, wie sehr ihre internen Gegner sich über die Niederlage geärgert hatten.

Von seinen Trainern und Mitspielern bekam Max vor dem Spiel ein zum Poster vergrößertes Mannschaftsfoto mit dem gewonnenen Meisterschaftspokal der letzten Saison. Alle Beteiligten hatten unterschrieben. Valentin hatte für das Bild einen passenden Rahmen ausgesucht. Ein tolles Geschenk!

„Das soll euch ein Ansporn sein für das Spiel heute gegen Altona", motivierte sie Herr Rauer. „Ihr könnt mit elf Siegen in der Hinrunde den Grundstein legen für eure zweite Meisterschaft, wenn ihr Altona und nächste Woche Santa Paula schlagt. Also geht jetzt da raus und zeigt es ihnen. Ihr seid in Topform!" Er stockte kurz. „Spielt heute für euren Kapitän, Jungs", fügte er leiser hinzu. „Genießt das Zusammenspiel mit ihm."

Einen Moment lang war es still in der Kabine. Max sah seinen Trainer fragend an.

Herr Rauer klatschte aufmunternd in die Hände. „Na, weil er doch heute Geburtstag hat", versuchte er zu erklären. „Schenkt ihm ein paar schöne Doppelpässe."

Die Augen seines Trainers, die eben noch traurig dreinzublicken schienen, sprühten jetzt wieder Funken vor Leidenschaft. Erleichtert führte Max seine Elf auf das Feld.

Marcello und Herr Rauer warfen sich einen schnellen Blick zu. Dann folgten sie ihren Jungs aus den Kabinen auf den Platz.

So hatte sich Max seinen Geburtstag vorgestellt: tolle Geschenke, schönes Fußballwetter im November, die ganze Familie zu Gast als Zuschauer bei einem nie gefährdeten 4 : 0-Heimsieg, zwei Tore selbst geschossen und zwei vorbereitet, den neuesten Harry-Potter-Film mit der ganzen Mannschaft im Kino gesehen und anschließend Anna den Ponyhof Pojenbergen gezeigt.

„Und das ist Gustav", stellte Max seiner Freundin sein Pony vor. „Gustav, das ist Anna."

Gustav wieherte, schüttelte seine Mähne und schlug seinen rechten Vorderhuf dreimal auf den Stallboden.

„Er mag dich", stellte Max mit Pferdekennermiene fest. Anna lachte. „Doch, ehrlich", versicherte Max. „Wenn er dich nicht mögen würde, hätte er sich einfach umgedreht, seinen Schweif hochgestellt und einen fahren lassen."

Anna lachte lauter. „Im Ernst, bei Daniel macht er das immer so", sagte Max.

Anna krümmte sich jetzt vor Lachen und steckte Max an. Als Daniel verdutzt in den Stall schaute und „Was ist denn mit euch los?" fragte, machte Max täuschend echt das Geräusch eines Pferdefurzes nach. Anna ging in die Knie, Lachtränen liefen ihr über das Gesicht. Daniel zeigte ihnen einen Vogel. Beim Hinausgehen murmelte er etwas von „verliebt und verblödet" vor sich hin.

Als Anna und Max sich wieder beruhigt hatten, gingen sie Hand in Hand im Dunkeln auf dem Gelände spazieren.

„Wollte dein Freund Tobi nicht noch rüberkommen?", fragte Anna.

„Tobi hat heute mit meinem alten Team ein Turnier mit anschließendem Grillfest für alle Spieler und Betreuer. Er hat vorhin angerufen, gratuliert und Bescheid gesagt, dass er morgen früh kommt."

„Schön", fand Anna, „dann haben wir ja den Rest des Abends für uns ganz alleine."

„Sieht so aus", bestätigte Max strahlend. Er zog seine Freundin an sich und sie genossen ihre Zweisamkeit. Es war sein mit Abstand schönster Geburtstag.

„Guten Morgen, Familie Hansen, guten Morgen, Anna!",
rief Tobi fröhlich, als er am Sonntagmorgen am Frühstückstisch auftauchte.

„Hallo, Tobi!", begrüßten ihn alle außer Daniel.

„Hi, Barzi!", war dessen Begrüßung für den Nachbarn.

„Nur keinen Neid", konterte Tobi. „Da kann ich doch nichts für, dass die Bayern schon wieder vier Plätze vor dem HSV liegen."

Daniel winkte ab.

„Abgerechnet wird am Schluss", gab Max zu bedenken.

Doch jetzt winkte sein Freund ab. „Themawechsel", entschied dieser und zog ein Päckchen hinter seinem Rücken hervor. Er warf es quer über den Tisch. Max fing es geschickt auf.

„Huch!", rief seine Großmutter erschrocken, die das Päckchen nur als Schatten an ihrem Kopf hatte vorbeifliegen sehen.

„Entschuldigung, Frau Hansen, das war die Luftpost", lachte Tobi.

Anna und Max sahen sich an und kicherten albern.

Verliebt und verblödet, dachte Daniel und verdrehte die Augen. Schrecklich, er erkannte seinen großen, vernünftigen Bruder nicht wieder.

„Wow, danke, Tobi!", sagte Max, als er das Geschenk ausgepackt hatte. Es war die Trilogie von „Der Herr der Ringe" auf DVD.

„Bitte sehr. War allerdings etwas zu teuer für ein Geburtstagsgeschenk, zählt deshalb auch schon als Weihnachtsgeschenk, einverstanden?"

„Okay, Tobi", erwiderte Max lachend.

Am nächsten Tag verging Max das Lachen. Herr Brand hatte ihn eine Stunde vor dem Training zu einem Gespräch eingeladen. Als Max gut gelaunt sein Büro betrat, saßen dort bereits Herr Rauer, Herr Esteban und Herr Ramm. Max begrüßte alle drei Trainer und den Chef des NWLZ und setzte sich. Sie plauderten kurz über das Spiel gegen Altona und seinen Geburtstag. Max wurde mulmig zumute, als Herr Brand dann das Wort ergriff und sich mit ernstem Gesichtsausdruck an ihn wandte:

„Max, es gibt leider schlechte Neuigkeiten", begann er das Gespräch. „Wir haben heute zwei Spieler wegen Verstoßes gegen die Hausordnung des Internates verwiesen und bis auf Weiteres vom Spielbetrieb freigestellt."

Max saß da wie versteinert. Was bedeutete das? Was hatte er damit zu tun? Warum saßen diese vier Personen hier und teilten ausgerechnet ihm das mit? Aber noch bevor Herr Brand seine lautlosen Fragen beantwortete, glaubte er Bescheid zu wissen. Das konnte nur eines bedeuten.

„Kolja und Dennis?", fragte er mit belegter Stimme.

Herr Brand nickte. Es war im Internat unter den Schülern bekannt, dass die beiden Spieler aus der älteren B-Jugend eigene Wege gingen und dafür bereits die hausinterne Gelbe Karte erhalten hatten. Nun hatte Herr Brand ihnen also Rot gezeigt.

„Ich rücke in die ältere B-Jugend auf?", fragte Max und sah Herrn Rauer an.

Sein Trainer nickte ebenfalls. „Du solltest es als Erster erfahren", erklärte er. „Nachher beim Training erfährt es die Mannschaft, heute Abend auf der Internatssitzung wird es den Schülern mitgeteilt. Du kannst dir sicherlich vorstellen, dass es für mich auch nicht leicht ist, einem Gewinnerteam, wie ihr eines seid, den Motor auszubauen. Aber es muss sein. Herr Estebans Mannschaft braucht dich im Mittelfeld als Nachfolger von Kolja. In der Tabelle stehen sie nur zwei Plätze vor den Abstiegsrängen. Du behältst deine Nummer 10 und die Kapitänsbinde. Den nötigen Respekt hast du dir in der Mannschaft schon verschafft. Was dir bestimmt helfen wird, sind drei Punkte: Erstens bekommst du fantastische Trainer."

Herr Esteban und Herr Ramm lächelten ihm aufmunternd zu. Max lächelte schwach zurück.

„Zweitens wechseln Tolga und Valentin mit dir in das neue Team."

Max richtete sich auf. Das war mal eine gute Nachricht.

„Und drittens könnt ihr drei im letzten Hinrundenspiel bei Santa Paula mit auflaufen und euren Beitrag dazu leisten, dass ihr Herbstmeister mit reichlich Vorsprung werdet. Euer Wechsel in den Trainingsbetrieb der älteren B-Jugend erfolgt am Tag nach dem Spiel." Einen Augenblick herrschte Stille im Büro. Dann fragte Herr Brand: „Nun, Max, was sagst du dazu?"

Max überlegte einen Moment lang. Er wollte die richtigen Worte finden, zeigen, dass sie sich auf ihn verlassen konnten.

„Ich freue mich auf die neue Herausforderung, das neue Team und meine neuen Trainer", antwortete er schließlich. „Aber meine alte Mannschaft, Marcello und vor allem Sie, Herr Rauer, werde ich sehr vermissen."

Sein Trainer lächelte dankbar. „Jede neue Herausforderung wird dich einen weiteren Schritt nach vorn bringen", erwiderte sein Trainer. „Du wirst deinen Weg hier beim HSV machen, Max, davon sind wir alle hundertprozentig überzeugt."

Mit diesem Lob in den Ohren und der damit verbundenen Perspektive verließ Max, nicht mehr ganz so traurig, das Büro von Herrn Brand.

Das neue Team (7)

Wie erwartet war es am Nachmittag ein Schock für die Mannschaft, dass gleich drei ihrer Leistungsträger das Team wechseln würden. Max, Tolga und Valentin versprachen ihren Kameraden jedoch, dass sie vor dem Wechsel alles tun würden, um Santa Paula zu schlagen, Herbstmeister zu werden und nebenbei einen neuen Vereinsrekord mit elf Siegen am Stück aufzustellen.

Die Internatsschüler waren am Abend weniger überrascht, als Herr Brand ihnen den Ausschluss von Kolja und Dennis mitteilte. Sie wussten, dass die Internatsleitung bei der strengen Hausordnung keinen Spaß verstand. Die beiden Spieler aus der älteren B-Jugend waren bereits vor einem Monat erwischt worden, als sie versucht hatten, verbotenerweise ihre Freundinnen auf ihre Zimmer zu schmuggeln. Seitdem waren sie quasi „auf Bewährung" gewesen. In der Nacht von Sonnabend auf Sonntag nun waren sie über Nacht weggeblieben, ohne um Erlaubnis zu fragen und sich ordnungsgemäß abzumelden. Herr Brand, Herr Ramm und Frau Wolke waren übereingekommen, dass sie die Verantwortung für die beiden Jungs nicht länger übernehmen würden. Disziplin, Einhaltung von Regeln und konsequente Ahndung von Verstößen waren wichtig, um eine pädagogische Einrichtung zu leiten. Vor allem, wenn es das Ziel war, Fußballprofis auszubilden. Die Eltern von Kolja und Dennis wurden umgehend informiert. Als die beiden Jungs sich am Sonntagvormittag durch ein offenes Fenster im Erdgeschoss ins Haus schleichen wollten, staunten sie nicht schlecht, als ihre Eltern sie bereits erwarteten. Als Kolja und Dennis bewusst wurde, welch riesige Chance sie mit

50

ihrem Verhalten leichtfertig verspielt hatten, kamen ihr Bedauern und ihre Reue zu spät.

„Wie kann man nur die beiden besten Spieler einer Mannschaft rauswerfen?", zeigte Moritz wenig Verständnis, als er zusammen mit Max die Internatssitzung verließ.

„Es hat nichts damit zu tun, wie gut du bist, sondern wie du dich benimmst", mutmaßte Max. „Wenn sie die Besten verschonen, kriegen sie nie Disziplin in den Laden hier. Dann tanzen ihnen die Schüler bald auf der Nase rum und machen, was sie wollen. Überlege mal, wie oft sie uns gesagt haben, dass wir stets daran denken sollen, dass wir nach außen den HSV repräsentieren. Nein", folgerte er, „es war zwar hart, aber richtig, sie rauszuschmeißen."

„Oh Mann", war sich Moritz sicher, „Kolja und Dennis werden sich bestimmt in den Hintern beißen vor Wut. Und was ihre Eltern dazu sagen, möchte ich lieber nicht wissen. Stell dir vor, ich würde wegen so einem Mist hier rausfliegen. Herr Carstensen würde mich killen!"

Max grinste in sich hinein. Da hatte Moritz wohl recht. Sein überehrgeiziger ehemaliger Trainer, den die Jungs wegen seines wilden Aussehens respektlos Rübezahl nannten, würde Moritz in der Tat die Hölle heiß machen, wenn dieser seine Chance beim großen HSV derart disziplinlos verspielen würde. Andererseits konnte Max sich gut vorstellen, dass Rübezahl hoch erfreut sein würde, wenn er erfuhr, dass Moritz bald wieder Kapitän und Mittelfeldstratege seiner Mannschaft sein würde. Das nämlich hatte ihnen Herr Rauer beim Training ebenfalls mitgeteilt.

Gegen Santa Paula jedoch lief Max ein letztes Mal als Mannschaftsführer der jüngeren B-Jugend auf. Die Novembersonne schien, sie konnten in Bestbesetzung antreten und zahlreiche Anhänger beider Klubs wollten sich dieses prestigeträchtige Duell nicht entgehen lassen. Der Gastgeber setzte den HSV von Beginn an gehörig unter Druck. Den Paulanern war der Wille anzumerken, den Sechs-Punkte-Rückstand in der Tabelle auf den Stadtrivalen auf drei Punkte zu verkürzen. Es wurde ein rassiges, kampfbetontes, leidenschaftlich geführtes Spiel. Zur Halbzeit führte der HSV dank eines von Max direkt verwandelten Freistoßes mit 1 : 0. Tolga hatte einen schmerzhaften Schlag auf den Knöchel bekommen, doch er biss die Zähne zusammen. In seinem letzten Spiel für die Mannschaft wollte er unbedingt durchspielen. Zum Glück für den HSV wechselte Herr Rauer Tolga nicht aus, denn nach dem zwischenzeitlichen Ausgleich war er es, der eine scharfe Flanke von Valentin per Hechtkopfball zum viel umjubelten Siegtreffer in die Maschen köpfte. Die drei Wechselnden hatten somit ihren Worten Taten folgen lassen und den Löwenanteil zu diesem wichtigen Auswärtssieg beigetragen. Mit stolzen neun Punkten Vorsprung auf die punktgleichen Verfolger Weser Bremen, Santa Paula und den TSV Hannover hatte die jüngere B-Jugend die Herbstmeisterschaft in der B-Sonderklasse errungen. Nach ausgiebigem Jubel auf dem fremden Platz (bei Santa Paula jubelten HSV-Spieler am liebsten) und feuchtfröhlichen Duschgesängen bedankte sich ihr Trainer für das tolle Spiel und die makellose Saisonbilanz.

„Es war auch heute wieder eine einwandfreie Teamleistung", bilanzierte Herr Rauer. „Ein Sonderlob haben meiner Meinung nach dennoch Max, Tolga und Valentin verdient. Unsere Matchwinner, die noch einmal alles für diesen Sieg gegeben haben. Wir sagen danke und wünschen euch viel Erfolg in eurem neuen Team. Wir werden euch vermissen!"

Ihre Trainer standen in der Mitte der Kabine und klatschten laut Beifall. Ihre Mannschaftskameraden standen ebenfalls auf und klatschten und jubelten den drei Abschiednehmenden zu. Sichtlich verlegen saßen Max, Tolga und Valentin da, sahen sich an und ließen die Standing Ovations über sich ergehen. Der Lärm endete erst, als Herr Hoechst, der Sportchef des HSV, plötzlich und unerwartet die Kabine betrat.

„Großartiges Spiel, Jungs", urteilte er, „ein dickes Kompliment und Respekt für diese engagierte Vorstellung. 33 Punkte in elf Spielen! Ich weiß nicht, ob das vor euch schon einmal eine Mannschaft geschafft hat. Zur Belohnung werdet ihr alle während eines Weltmeisterschaftsspiels in der AOL-Arena als Balljungen eingesetzt. Ist das okay für euch?" Und jetzt konnten auch Max, Tolga und Valentin mitjubeln.

Keine 48 Stunden später stellte Herr Ramm den drei Neuzugängen ihre zukünftigen Mitspieler vor.

„Im Tor steht Alban. Ersatztorwart ist Antonio, unser Römer. Er hat sowohl einen deutschen als auch einen italienischen Pass, hat sich aber noch nicht entschieden, für welche Nationalmannschaft er später einmal auflaufen wird."

Antonio lachte.

„Ciao!", begrüßte er die Verstärkung aus der jüngeren B-Jugend.

Alban flachste Max an: „Moin, Ronaldinho! Wehe, du machst für uns nicht auch solche Trickfreistöße rein, dann gibt es Ärger."

„Benimm dich", konterte Max schlagfertig. „Internats-schüler müssen zusammenhalten."

„In der Abwehr spielen Diego, Claudius, Tom-Luis, Em-re und Taifun", fuhr Herr Ramm fort. „Mittelfeld: Len-nart, Peer-Ole, Stephan, Timo und Melwin. Im Sturm wirbeln bei uns Matthias, Ricki und Lasse. Ihr drei stellt euch am besten selbst vor", wandte er sich an Max, Tolga und Valentin.

Das taten sie. Danach wurden die Jungs zum Aufwärmen geschickt. Sie stellten sich in einem Abstand von fünf Metern gegenüber auf und passten sich jeweils zu zweit einen Ball abwechselnd mit beiden Füßen zu. Nach eini-gen weiteren Technikübungen standen taktische Einhei-ten für die drei Mannschaftsteile an. Herr Ramm war für das Torwarttraining verantwortlich. Herr Esteban nahm die drei Neuzugänge beiseite. Er führte sie an eine Tafel, auf der er die taktische Ausrichtung seiner Mannschaft dargestellt hatte.

„In der U 17 spielen wir mit einer Viererkette im Mittel-feld als Defensivformation und einer Raute in der Offen-sive", erklärte er. „Das bedeutet für dich, Max, dass du in der Vorwärtsbewegung direkt hinter die beiden Spitzen aufrückst und dich bei Ballverlust nach hinten fallen lässt. Valentin wird als rechter Verteidiger in der Ab-wehrviererkette für Arne eingesetzt, den wir aufgrund ungenügender Leistung nicht in der Mannschaft halten konnten. Tolga spielt im Angriff rechts. Wir haben für diese Woche fünf Trainingseinheiten angesetzt, damit ihr euch mit euren neuen Mitspielern einspielen könnt. Sonntag ist das erste Punktspiel, ein Heimspiel gegen den Tabellenletzten. Die drei Punkte müssen wir unbedingt holen, um nicht in den Abstiegsstrudel zu geraten. Es ist geplant, dass ihr alle drei in der Startformation auflauft.

Herr Ramm und ich freuen uns, dass ihr ab sofort dabei seid. Also los, stürzt euch ins Training."

Das ließen sie sich nicht zweimal sagen.

Frisch geduscht standen sie später auf dem Parkplatz vor dem Internat. Für diese Jahreszeit war es immer noch ziemlich warm. Max wartete mit seinen Freunden auf Tolgas Mutter, die mit Abholen an der Reihe war und sich verspätet hatte.

„Wie kommt denn Sven jetzt immer zum Training?", fragte Max.

Tolga zuckte mit den Schultern. „Weiß nicht. Ist ziemlich blöde, dass wir unterschiedliche Trainingszeiten haben. Da kommen seine Eltern bestimmt ganz schön in Stress."

„Unsere aber auch", fand Valentin. „Fünfmal Training in dieser Woche! Das kann ja heiter werden. Wir schreiben am Freitag eine fette Mathearbeit. Zum Glück gibt es noch kein Schnee oder Glatteis."

Erst Mitte Dezember würden sie ihr letztes Punktspiel haben. Es sah zurzeit so aus, als würden alle angesetzten Partien stattfinden können.

„Was sagt ihr zu Herrn Esteban?", fragte Tolga.

„Klasse!", urteilten Max und Valentin wie aus einem Mund. Der ehemalige argentinische Nationalspieler und beliebte Exprofi des Hamburger Sport-Vereins war nach Beendigung seiner aktiven Laufbahn in Hamburg geblieben und in die Nachwuchsarbeit des Vereins eingebunden worden. Davon profitierten die drei Jungs von heute an sehr.

„Habt ihr gesehen, wie er beim Torschusstraining die Dinger mit dem Außenrist reingeschnippelt hat?"

„Ja, das war unglaublich. Da können wir uns noch einiges abschauen, was, Max?"

„Unbedingt! Ich habe gehört, dass er den Ball mit allen möglichen Körperteilen stundenlang in der Luft jonglieren kann. Das ist schon stark, wenn ehemalige Profis ihr Können und Wissen dem Nachwuchs vermitteln."

Ein Hupen ertönte auf dem Parkplatz.

„Meine Mutter ist da", stellte Tolga fest. „Wir müssen los, Max, bis morgen."

„Tschüs, ihr beiden", verabschiedete sich Max, „oder wie Antonio sagen würde: Ciao!"

In der Woche trainierten sie alle technischen Fertigkeiten, schwerpunktmäßig das Passspiel sowie die Ballannahme und die Ballmitnahme im vollen Lauf. Sie übten das Zusammenspiel innerhalb der Mannschaftsteile, den Spielaufbau über viele Stationen, Tempowechsel zum Herausspielen von Torchancen, das schnelle Spiel in die Spitze nach Ballgewinn und aktives Abwehrverhalten. Im Vergleich zum Training der jüngeren B-Jugend fiel Max auf, dass der effektive Einsatz der individuellen Fähigkeiten der Spieler öfter eine Rolle spielte. Die Frage, die sich jeder Spieler stellen sollte, war: Wie löse ich eine Spielsituation mit meinen Fähigkeiten am besten?

Herr Esteban und Herr Ramm gestalteten das Training sehr abwechslungsreich. Es machte Spaß, sich mit den neuen Teamkameraden einzuspielen. Sie studierten ganze Spielzüge ein und sprachen gewissenhaft die Taktik durch, die sie im ersten Spiel der Rückrunde anwenden wollten.

In der Hinrunde hatte die Mannschaft mit Kolja, Arne und Dennis gegen den TV Lössum knapp mit 3 : 2 gewonnen. Das Rückspiel gewannen sie nun zu Hause locker und souverän mit 8 : 0. Max führte im Mittelfeld Regie und steuerte drei eigene Treffer bei. Tolga ebenfalls. Valentin räumte hinten rechts gnadenlos ab. Es war ein Start nach Maß.

Du bist Deutschland! (8)

Im nächsten Training führten ihnen ihre Trainer die Videoanalyse des Spiels gegen Lössum vor. Es gab viele Szenen, die ausgewertet wurden, in erster Linie positive. Kein Wunder bei einem 8 : 0-Sieg. Dennoch gingen ihre Trainer auch auf Fehler und Probleme im Spiel ein. Es ging vor allem um taktisches Verhalten im Detail, um Laufwege sowie um das Mitdenken und aktive Mitgestalten der Spieler. Aus der Videoanalyse wurden taktische Trainingseinheiten abgeleitet, die im Anschluss durchgeführt wurden. Herr Esteban unterbrach die Übungen des Öfteren und erklärte ihnen, was mit der jeweiligen Einheit erreicht werden sollte. Es wurde ebenfalls viel Wert gelegt auf Schnellkrafttraining zur Verbesserung der Schnelligkeit.

„He, Max", rief Valentin, nachdem er seinen Freund im Sprint zum wiederholten Male hinter sich gelassen hatte, „Geschwindigkeit ist keine Hexerei!"

„Hahaha", pustete Max. „Beim nächsten Spurt bist du dran." In diesem Moment pfiff Herr Ramm das Training ab. „Hast du ein Glück, Junge", grinste Max.

Valentin lachte und winkte ab.

Am Wochenende spielten sie auswärts beim Tabellendritten und erkämpften sich mit Mühe ein glückliches 1 : 1. Den Samstag darauf kam der SC Falke, der einen Platz vor ihnen in der Tabelle lag. Die Mannschaftsaufstellung hatte Herr Esteban bereits im letzten Training bekannt gegeben: Vor Alban standen in der Abwehrviererkette von links nach rechts Tom-Luis, Claudius, Diego und Valentin. Im Mittelfeld spielten Stephan links, Peer-Ole rechts, Lennart zentral defensiv und Max offensiv davor. Tolgas Sturmpartner auf der linken Seite war Matze, der Linksfüßler war.

Anna war mit Mona zum Zuschauen gekommen. Die beiden Mädchen feuerten die HSV-Jungs lautstark an, was diesen sichtlich gefiel. Max wurde von einigen seiner Mannschaftskameraden beim Aufwärmen angeflachst, ob die Freundin seiner Freundin noch frei wäre.

„Fragt sie doch selbst", erwiderte Max postwendend.

Matze war schließlich der Einzige, der sich traute. Sein Mut wurde belohnt. Er winkte mit einem kleinen Zettel.

„Leute, seht mal, ihre Telefonnummer."

Stephan schüttelte den Kopf. Er war Matzes bester Freund. „Das gibt es doch nicht, wie macht dieser Frauenheld das bloß immer?"

Matze strahlte. „Ich bin halt unwiderstehlich", stellte der schwarzhaarige Junge mit den braunen Augen grinsend fest.

„Jungs, nennt ihr das Warmmachen?", rief Herr Ramm über den Platz.

Schnell steckte Matze den Zettel hinter seinen Schienbeinschoner und lief weiter.

Das Spiel war sehr ausgeglichen. Max kombinierte einige Male ansehnlich mit seinen Mitspielern, doch irgendwie vermisste er auch seine ehemaligen Mannschaftskameraden, vor allem seinen Lieblingsdoppelpasspartner Werner und den turboschnellen Moritz. Als Tom-Luis ihn mit einem scharf getretenen Pass aus der Abwehr anspielte, lief Max dem Ball entgegen. Sein Gegenspieler klebte ihm an den Stiefeln. Max hielt ihn sich geschickt vom Leib und ließ den Ball durch seine geöffneten Beine laufen. Der hinter ihm lauernde Peer-Ole hatte aufgepasst und leitete die Kugel direkt weiter zu Tolga. Max schüttelte seinen verblüfften Bewacher ab und sprintete in den Strafraum. Tolga schaffte es, eine Flanke von der Torauslinie nach innen zu ziehen. Matze und sein Gegenspieler stiegen hoch. Keiner von beiden kam an den Ball, und auch der Torwart brachte nicht mehr als seine Fingerspitzen an die Kunstlederpille. Max warf sich am zweiten Pfosten in die Flugbahn und wuchtete den Ball mit der Stirn in die Maschen.

Tooor! 1 : 0 für den HSV! Anna und Mona flippten aus und kreischten begeistert. Max lief zu Tolga und bedankte sich für die einwandfreie Flanke. Herr Esteban forderte sie vom Spielfeldrand auf, konzentriert weiter zu spielen. Trotz wütender Gegenangriffe retteten sie den Vorsprung in die Halbzeit. Für den angeschlagenen Claudius kam Taifun ins Spiel, Melwin ersetzte Peer-Ole. Herr Ramm lobte die ausgewechselten Spieler für ihren Einsatz. In der zweiten Halbzeit hatten sie einige heikle Situationen zu überstehen, doch Alban war nicht zu überwinden. Auf der anderen Seite schaffte es der HSV nicht, einen seiner schnellen Konter erfolgreich abzuschließen. Trotz zunehmend drückender Überlegenheit des Gegners fiel kein Tor mehr. Ein 1 : 0-Zittersieg, den man durchaus als glücklich bezeichnen konnte.

Anna lief auf Max zu und umarmte ihn. Matze schlenderte zu Mona hinüber. Er versicherte ihr, dass nur ihr Zettel in seinem Schienbeinschoner als Glücksbringer für den Sieg gesorgt hatte.

„Vergiss es!", rief Anna ihm vergnügt zu. „Für den Sieg hat mein Max gesorgt. Basta!"

„Sieben Punkte aus den letzten drei Spielen, damit sind wir aus dem gröbsten Schlamassel heraus", freute sich Herr Ramm anschließend in der Kabine. „Kommendes Wochenende, am Nikolaustag, spielen wir beim Tabellenführer. Unter der Woche ist die nächste Pokalrunde, da sind wir leider nicht mehr dabei. Am 14. Dezember ist das letzte Spiel vor der Winterpause, zu Hause gegen den TSV Nihndorf. Die Woche darauf ist noch Training und ein Hallenturnier. Dann habt ihr euch eure Ferien auch verdient. Holt ihr bis dahin noch vier Punkte für uns, Jungs?"

Vereinzelte Rufe der Zustimmung folgten. Max war skeptisch. Es wusste, wer der Tabellenführer in der Staffel der älteren B-Jugend war: Weser Bremen.

Nach dem Spiel lud Max Anna in die Pizzeria ein. Mona hatte ursprünglich geplant, noch eine andere Freundin zu besuchen, doch Matze hatte sie überredet, mit ihm ins Kino zu gehen.

„Eure Nummer 11 ist ein echter Draufgänger", stellte Anna fest.

„Das stimmt", wusste Max zu berichten. „Stephan hat gesagt, Matze wechselt seine Freundinnen öfter als seine Unterhosen. Na ja", fügte er schnell hinzu, als er Annas entsetzten Blick sah, „das ist bestimmt reichlich übertrieben."

Sie aßen ihre Pizzas und planten Annas Geburtstagsfeier am 6. Dezember. Sie würde eine Kellerparty bei sich zu Hause veranstalten und bedauerte es, dass Max ihr nicht bei der Vorbereitung helfen konnte.

„Tut mir leid", sagte er, „wir spielen in Bremen erst um sechzehn Uhr. Vor acht Uhr werde ich nicht aufkreuzen können, wahrscheinlich erst so gegen neun", bedauerte er. „Lasst mir bloß was vom kalten Büfett übrig."

„Du denkst nur ans Essen", schmollte seine Freundin. „Hast du wenigstens schon gefragt, ob du bei mir übernachten darfst?"

„Ja, das habe ich", antwortete Max. „Das ist bei mir als Internatsschüler ganz schön kompliziert. Außer der Erlaubnis von meinen Eltern musste ich mir noch das Okay von Herrn Brand, Herrn Esteban und Frau Wolke einholen. Das war ganz schön peinlich! Herr Brand hat sich vielleicht einen abgegrinst, kann ich dir sagen."

„Hauptsache, du darfst", fand Anna.

Max nickte glücklich.

Das Training in der nächsten Woche war anstrengend. Ständig nieselte es oder regnete auch mal stärker. Der Boden wurde tief und matschig. In den Zweikämpfen merkte Max es am meisten, dass seine Mitspieler ihm ein Jahr voraus waren. Sie hatten größtenteils mehr Körpermasse einzusetzen, obwohl Max mit seinen 1,85 Metern nicht zu den Kleinen der Truppe gehörte. Als er einen Pressschlag mit dem kräftigen Lasse machte, flog er kopfüber in eine Matschpfütze. Er war von oben bis unten voller Dreck, als er sich mühsam hochgerappelt hatte.

„Wer hat Angst vorm schwarzen Mann?", rief Lasse vergnügt.

„Niemand!", brüllten die anderen Jungs lachend im Chor.

Herr Esteban hatte ein Einsehen und klatschte in die Hände. „Schluss, Jungs. Das reicht für heute", befand er schmunzelnd. „Dreckiger könnt ihr sowieso nicht mehr werden."

Sie duschten und verabschiedeten sich voneinander.

Alban und Max gingen ins Internat zurück, aßen zu A-bend und setzten sich anschließend zusammen in die Sauna.

„Du solltest ein bisschen mehr Krafttraining machen", stellte Alban fest, „damit beim nächsten Pressschlag ein anderer in den Schlamm fliegt."

Ihr Torwart hatte gut reden, fand Max. Alban war 1,90 Meter groß und hatte enorm breite Schultern. Er war anderthalb Jahre älter als Max.

„Wichtiger ist mir meine Schnelligkeit", erwiderte Max. „Bei dem harten Training kommt die Kraft von alleine."

„Trotzdem, dann solltest du wenigstens mehr schwim-men", setzte sein Torwart nach. „Bis vor zwei Jahren war ich parallel zum Fußball im Schwimmverein. Das ist gut für die Figur, für alle Muskelgruppen. Leider hatte ich dann keine Zeit mehr, beides zu machen. Aber weißt du übrigens, wer der schnellste Schwimmer in unserem Ver-ein war?"

„Jemand aus unserer Mannschaft?", fragte Max erstaunt.

Alban nickte.

Sein Mannschaftsführer überlegte, wer breite Schultern und eine gute Kondition hatte. „Lennart?", riet er.

Wieder nickte Alban. „Genau, Lennart, die Lunge. Er war sogar Hamburger Meister."

Max war beeindruckt. Er beschloss, mit Anna mal das hochgelobte benachbarte Arriba-Erlebnisbad zu besu-chen.

Weser Bremen war eine Nummer zu groß für sie. Trotz allen Einsatzes verloren die Hamburger gegen den Tabel-lenführer am Nikolaustag mit 0 : 2. Es hatte nichts ge-nützt, dass Max der beste Mann auf dem Platz gewesen war. Als sie im strömenden Regen mit gesenkten Köpfen den Platz verließen, sah der HSV-Kapitän, dass sich Herr Esteban in einem angeregten Gespräch mit einem Zuschauer befand.

Herr Ramm tröstete sie in der Kabine. „Ihr habt euer Bestes gegeben, Jungs, mehr war heute nicht drin. Drei Punkte gegen Nihndorf reichen uns auch, Kopf hoch!"

Nach dem Duschen zogen sie sich rasch an. Besonders Max hatte es eilig, in den Bus zu kommen. Matze und er wollten schnell zu Annas Party. Bei Matze und Mona hatte es heftig gefunkt im Kino. Sie waren jetzt zusammen.

Als alle im Bus saßen und dieser vom Parkplatz Richtung Hamburg rollte, kam Herr Esteban zu Max in die hinterste Sitzreihe. Sein Trainer bat Valentin, der neben Max saß, mit ihm den Platz zu tauschen. Dann berichtete er dem verdutzten Max von dem Gespräch, das er in Bremen geführt hatte. Herr Esteban erklärte ihm, wer der Mann gewesen war und was er von ihm gewollt hatte. Max war sprachlos. Sein Trainer lächelte ihm zu, klopfte ihm auf die Schulter und ging wieder nach vorn zu seinem Platz.

Valentin warf sich mit Schwung auf seinen Sitz. „Was wollte er?", fragte er seinen Mannschaftsführer.

Max sah ihn immer noch verblüfft an.

„Hallo, Erde an Max", drängelte sein Freund. „Was wollte er?"

Ungläubig schüttelte Max den Kopf. „Ich werde zur Nationalmannschaft eingeladen", murmelte er.

„Wie bitte?" Nun war es an Valentin, vor Überraschung Mund und Augen aufzureißen.

Max wiederholte, was er eben gesagt hatte. Dieses Mal lauter und mit einem Strahlen in den Augen. „Ich werde zur Nationalmannschaft eingeladen! Mensch, Val, das war der Trainer der deutschen U 16, mit dem Herr Esteban sich so lange unterhalten hat. Er hat mich zu einem Lehrgang im Januar eingeladen."

Valentin staunte ehrfürchtig. „Wahnsinn!", war sein erster Kommentar. Der zweite lautete: „Du bist Deutschland, Max! Ich gratuliere!" Und dann rief er laut in den Bus hinein: „He, Jungs, Max wird Nationalspieler! Wir haben bald einen leibhaftigen Nationalspieler in unserer Mannschaft!"

Vorn in der ersten Reihe grinsten sich Herr Ramm und Herr Esteban an, während die Jungs Max fröhlich gratulierten und ihn aufforderten, umgehend einen auszugeben.

Max schwebte in Hamburg wie auf Wolken aus dem Bus. Es wurde eine Superparty und ein toller Sonntag mit Anna und ihrer Familie. Aber die meiste Zeit dachte Max an Valentins Worte im Bus: „Du bist Deutschland, Max!"

Beinbruch (9)

Die Zielvorgabe für das Spiel gegen Nihndorf gaben die Trainer in der Kabine vor.

„Drei Punkte, Jungs, und wir stehen im gesicherten Mittelfeld. Dann können wir nach der Winterpause noch einmal die oberen Plätze angreifen. Kriegt ihr das hin?"

Ihre Spieler waren zuversichtlich, was aus dem folgenden lauten „Ja!" unschwer zu erkennen war.

Es war das fünfte Mal, dass Max seine neue Mannschaft als Kapitän auf das Feld führte. Heute waren kaum Zuschauer gekommen. Es war kalt und ungemütlich. Vereinzelte Schneeregenschauer fegten über den Platz. Nach zehn Minuten wurde Max unsanft von den Beinen geholt. Er landete bäuchlings auf dem Rasen und war klitschnass. Zum Dank für diesen rustikalen Nihndorfer Willkommensgruß zimmerte Max den Ball aus 25 Metern mit Rückenwind und ebenso rustikal an den linken Pfosten. Matze schob den Abpraller ohne Mühe ein. Die Führung für den HSV. Und es kam noch besser: Nach Tolgas 2 : 0 und dem Nihndorfer Anschlusstreffer köpfte Matze noch vor der Pause das 3 : 1. Als der Halbzeitpfiff ertönte, liefen sie schnell in die Kabine, trockneten sich ab und zogen neue Trikots an. Gerade war ihnen wieder einigermaßen warm geworden, da mussten sie auch schon wieder hinaus in die Kälte.

„Uah, ist das ein Scheißwetter!", schimpfte Stephan.

Ein erneuter Schauer durchnässte ihre sauberen Trikots, noch bevor der Schiri zur zweiten Halbzeit angepfiffen hatte.

„Lauf dich warm, nicht immer stehen bleiben", frotzelte Lennart.

„Haha, witzig, witzig", bedankte sich dieser für den Tipp. Dann hatten sie keine Zeit mehr für Unterhaltungen. Die Nihndorfer hatten sich augenscheinlich vorgenommen, in den letzten 40 Minuten Spielzeit des Jahres noch einmal Vollgas zu geben. Sie setzten die Hamburger von Beginn an unter Druck und praktizierten ein frühes Pressing, womit sie ihre Gegner zu Fehlpässen zwingen wollten. Die Blauen hielten jedoch gut dagegen. Es gelang ihnen sogar, gleich den ersten schnellen Konter über Tolga erfolgreich abzuschließen. Wütend setzten die Nihndorfer alles auf eine Karte, stellten in der Abwehr auf Manndeckung um und wechselten für einen Stürmer und einen Mittelfeldspieler zwei frische Stürmer ein. Max zog sich weiter in die Defensive zurück, doch die taktische Umstellung ihrer Gegner hatte Erfolg. Sie kamen bis auf 3 : 4 heran. In der letzten Spielminute fing die HSV-Abwehr einen Angriff der Nihndorfer ab. Taifun, der für den angeschlagenen Diego ins Spiel gekommen war, lief mit dem Ball am Fuß nach vorn. Er hielt den Ball aufreizend lange am Fuß, um Zeit zu schinden. Gerade wollte er abspielen, als der übermotivierte Sturmführer der Nihndorfer ihm von hinten hart in die Beine grätschte. Ein lautes Knacken und der schmerzerfüllte Aufschrei Taifuns zeugten davon, dass diese brutale Attacke schwere Folgen haben würde. Wütend liefen die Hamburger Spieler auf den gegnerischen Stürmer zu, der sich kreidebleich sofort über Taifun beugte und sich entschuldigte. Während die Trainer auf das Spielfeld liefen und der Schiedsrichter dem Nihndorfer die Rote Karte zeigte, versuchten Valentin und Max die Gemüter zu beruhigen. Bis dahin war es ein hartes, aber faires Spiel gewesen, deswegen blieben weitere Tumulte aus.

Herr Ramm rief über Handy sofort den Krankenwagen, nachdem er sich Taifuns Bein angesehen hatte. Der Schiri pfiff das Spiel ab, kein Nihndorfer protestierte. Herr Esteban schickte die Jungs zum Aufwärmen in die Kabine, während Herr Ramm Taifun vorsichtig auf eine Decke legte und ihn zudeckte. Max blieb als Mannschaftsführer bei seinem verletzten Mitspieler, bis wenige Minuten später der Krankenwagen eintraf. Herr Ramm fuhr mit ins Krankenhaus. Herr Esteban und Max teilten den Jungs die erschütternde Diagnose mit, die der Notarzt bereits auf dem Sportplatz festgestellt hatte: Schien- und Wadenbeinbruch! Das hatten alle sofort befürchtet, nachdem sie das Furcht einflößende Knacken gehört hatten. Aufgrund der schweren Verletzung ihres immer gut gelaunten türkischen Abwehrspielers kam keine Freude über die drei gewonnenen Punkte auf.

„Das gibt es doch nicht", stellte Lennart entsetzt fest. „In der letzten Minute vor der Winterpause! Das ist bitter, bitter, bitter." Seine Mitspieler nickten betrübt und schweigsam. Sie waren sich in diesem Moment bewusst, dass es jeden von ihnen hätte treffen können.

Bevor sie auseinander gingen, gratulierte ihnen Herr Esteban zu ihrer Leistung und ihrem Sieg. „Auch wenn ihr zurecht traurig seid wegen Taifun", schloss er, „könnt ihr stolz sein auf die zehn Punkte, die ihr in den letzten fünf Spielen geholt habt. In der nächsten Woche trainieren wir Montag, Mittwoch und Freitag in der Halle. Sonnabendvormittag ist das Hallenturnier in Altona. Geht jetzt nach Hause und wärmt euch gut auf. Wer die Gelegenheit hat, sollte in die Sauna gehen. Ansonsten empfehle ich ein heißes Bad. Tschüs, Jungs, bis Montag!"

Alban und Max hatten den Ratschlag ihres Trainers befolgt und zwei Saunagänge gemacht. Max lag im Entmüdungsbecken, als Moritz hereinkam.

Max fuhr hoch. „Hey, wie war es, Moritz?", fragte er neugierig.

Seine alte Mannschaft hatte zwei Teams weniger in der Staffel als die ältere B-Jugend. Ohne Max, Tolga und Valentin hatten sie im ersten Rückrundenspiel immerhin ein 0 : 0 gegen Hannover erkämpft. Gegen Weser Bremen hatten sie auf eigenem Platz mit 0 : 2 verloren. Heute hatten sie ebenfalls ihr letztes Spiel vor der Winterpause gehabt.

„3 : 2 gewonnen, der Knoten ist geplatzt!", freute sich Moritz. „Nachdem Sven nach den ersten beiden Spielen genervt über den Verlust seines Sturmpartners gejammert hatte, hat er heute endlich zwei Dinger reingemacht und seine gute Laune zurückgewonnen. Das hätte allerdings nur zu einem Unentschieden gereicht, wenn nicht meine bescheidene Person höchstpersönlich den Siegtreffer per Elfmeter erzielt hätte", erklärte er stolz. „Herr Rauer hat einen Luftsprung gemacht. Er und Marcello waren natürlich genauso erleichtert wie wir alle, dass es zum Sieg gereicht hat. Schließlich hatten wir schon fünf von unseren neun Punkten Vorsprung gegenüber Bremen eingebüßt."

Max nickte. Er war ebenso erleichtert, dass sein altes Team die Kurve gekriegt hatte. „Wie ist es denn bei euch gelaufen?", fragte Moritz.

Max berichtete von dem Spiel und Taifuns Beinbruch. Moritz verzog mitfühlend das Gesicht, als Max das üble Foul und das laute Knacken schilderte. Für einen Fußballspieler konnte es kaum eine schlimmere Verletzung geben.

„Aber nicht, dass ihr uns auch noch Andi aus der Abwehr wegholt", befürchtete Moritz. „Drei Stammspieler abzugeben war schon schlimm genug."

Max schwieg vorsichtshalber zu diesem Thema. Das mussten die Trainer entscheiden.

Bevor Max losging, um sich mit Anna vor dem Kino in der Innenstadt zu treffen, telefonierte er mit Tobi und seinen Eltern. Sein Freund war ganz aus dem Häuschen, weil er einen Brief von Gina bekommen hatte.

„Ich soll dich schön grüßen, auch von Giulia", richtete er aus. „Sie lässt fragen, ob du ihr nicht auch einmal schreiben möchtest."

Max druckste herum, und Tobi lachte. „Aus den Augen, aus dem Sinn, was Max? Na ja, ich kann es dir nicht verdenken. Ist eigentlich schon klar, dass du mit Anna und ihrer Familie zum Skifahren fährst?"

„Das geht wohl klar", vermutete Max. „Wir fahren wahrscheinlich vom 27. Dezember bis zum 3. Januar."

„Verräter!", knurrte Tobi. „Du kannst mich doch Silvester nicht hier alleine versauern lassen."

„Wieso versauern lassen?", fragte Max. „Steigt denn dieses Jahr keine Scheunenparty?"

„Doch, eben drum! Du musst mir die weibliche Dorfjugend vom Leibe halten, damit ich nicht in Versuchung geführt werde."

Max' Mutter berichtete ihm anschließend, was es an Neuigkeiten aus der Familie gab: Seine Schwester Jenny hatte einen neuen Freund, seine Großmutter hörte zunehmend schlechter, Daniel war frech wie immer, und sein Pony war krank.

„Gustav ist so schlapp", schilderte seine Mutter. „Er mag gar nichts fressen. Wenn das so weitergeht, muss ihn sich der Tierarzt einmal ansehen."

„Drück ihn einmal fest von mir und sage ihm, dass ich ihn in einer Woche wieder gesund pflege", trug Max ihr auf.

Dann meldete er sich bei Frau Wolke ab und machte sich auf den Weg ins Kino.

Die letzte Schulwoche vor den Ferien ging rasch vorüber. Am Mittwoch schrieben sie eine ziemlich schwere Mathearbeit und am Donnerstag eine erfreulich leichte Deutschklausur. Das Hallentraining war locker, das Internatstraining am Donnerstagmorgen um 7.00 Uhr früh war abgesagt worden. Darüber war Max gar nicht böse. Das Jahr war sehr aufregend und ereignisreich gewesen, jetzt freute er sich auf die Ferien und auf zu Hause.

Das Hallenturnier am Samstag in Altona war ziemlich stark besetzt. Der HSV gewann alle seine Spiele in der Vorrunde, verlor jedoch das Halbfinale gegen den Gastgeber. Immerhin sicherten sie sich im kleinen Finale mit einem Sieg nach Siebenmeterschießen den dritten Platz. Mit einer Bronzemedaille um den Hals verabschiedeten sie sich von den Trainern und ihren Mannschaftskameraden.

Im Internat packte Max seine Sachen, verabschiedete sich von Herrn Brand und Frau Wolke und wartete auf dem Parkplatz auf seinen Vater. Herr Hansen kam zwei Minuten später und begrüßte seinen Sohn herzlich. Max warf seinen Rucksack in den Kofferraum. Sie fuhren los nach Pojenbergen.

„Wie geht es Gustav?", war das Erste, was Max von seinem Vater wissen wollte.

Herr Hansen sah mit einem schnellen Seitenblick zu seinem Sohn herüber. „Es geht so", antwortete er ausweichend. „Freust du dich auf deine Ferien?"

„Papa, wie geht es Gustav?", fragte Max noch einmal nach.

Sein Vater schwieg einen Moment.

„Papa!", sagte Max mit Nachdruck.

„Es geht ihm gar nicht gut", kam endlich die ehrliche Antwort. „Es geht ihm sogar ziemlich schlecht. Gustav hat eine schwere Lungenentzündung, was in seinem hohen Alter doppelt gefährlich ist. Heute Abend kommt Doktor Pummel und sieht nach, ob die Medizin angeschlagen hat, die er ihm verschrieben hat. Es ist gut, dass du kommst und Gustav pflegen kannst. Er wird sich bestimmt sehr freuen."

Max nickte und biss sich auf die Lippen. Er hatte es auf einmal sehr eilig, den Ponyhof Pojenbergen zu erreichen.

Abschied von Gustav (10)

„Kommt Gustav wieder auf die Beine, Doktor Pummel?"
Ängstlich sah Max den Tierarzt an, der sein Pony gründlich abgehorcht hatte.

Nachdenklich nahm dieser sein Stethoskop ab. „Tja, Max", gab dieser offen zu, „die Chancen stehen leider nicht besser als 50 : 50. Er ist schon alt, und die Lungenentzündung macht ihm wirklich schwer zu schaffen. Er rasselt fürchterlich beim Atmen. Du kannst nicht mehr machen als ihn warm halten und dafür sorgen, dass er viel trinkt und sein Medikament einnimmt." Er wandte sich an Herrn Hansen. „Ruft an, wenn sich sein Zustand verschlechtert. Ansonsten komme ich Montagabend noch einmal vorbei. Tschüs, ihr beiden!"

Max und sein Vater verabschiedeten den Tierarzt.

„Ich hole ihm noch eine Decke", entschied Max. Er machte sich auf den Weg und traf seine Oma vor dem Stall. „Gustav geht es schlecht", sagte er.

„Dir ist schlecht?", fragte seine Oma besorgt. „Armer Junge! Und wie geht es Gustav?"

Max winkte ab und ging weiter. Er überlegte, ob sie seiner Oma zu Weihnachten nicht ein Hörgerät schenken sollten. Da musste er unbedingt mal mit seinem Opa drüber reden.

Montagabend schüttelte Doktor Pummel besorgt den Kopf. „Unveränderter Zustand", stellte er fest. „Es hat sich nicht verschlechtert, aber besser ist es auch nicht geworden. Pflege ihn weiter, Max. Flöße ihm seine Medizin ein, das ist wichtig. Übermorgen früh komme ich noch einmal vorbei."

Übermorgen war der 24. Dezember. Doktor Pummel war wirklich ein sehr engagierter und zuverlässiger Tierarzt.

Leider schüttelte der Veterinär auch zwei Tage später den Kopf.

„Das sieht gar nicht gut aus", bedauerte er. „Das Rasseln in der Lunge ist schlimmer geworden, das Fieber ist wieder angestiegen. Max, du musst jetzt tapfer sein. Ich befürchte, dass Gustav den Jahreswechsel nicht mehr erleben wird."

Max traten Tränen in die Augen. Das hatte er befürchtet, als Gustav heute Morgen nicht zum Aufstehen zu bewegen war.

Sein Vater sagte: „Du musst dich entscheiden, ob du trotzdem mit zum Skilaufen fahren willst."

Max überlegte nicht lange. „Ich bleibe bei Gustav", entschied er.

„Dann rufe gleich bei Anna an und sage Bescheid", schlug sein Vater vor. „Sie muss sich darauf ja auch einstellen. Bist du sicher, dass du nicht mitwillst? Wir würden gut für Gustav sorgen und uns um ihn kümmern, wenn du mitfahren möchtest. Und Anna wäre sicherlich fürchterlich enttäuscht."

„Ich bleibe bei Gustav", legte Max sich fest. „Auf jeden Fall!" Er ging zum Haupthaus, um zu telefonieren.

Sein Vater lächelte. Er war stolz und freute sich über diese Entscheidung seines Sohnes. Dann blickte er hinüber zu Gustav, der sich schwer schnaufend drehte und die Augen schloss.

„Das ist doch nicht dein Ernst, Max!", fuhr Anna ihn enttäuscht an. „Wir haben uns doch so auf den Urlaub gefreut."

„Natürlich", erwiderte Max, „aber das musst du doch verstehen. Ich kann doch nicht wegfahren, wenn Gustav im Sterben liegt."

Anna schnaufte. „Willst du damit sagen, dass dir dieses Tier wichtiger ist als ich?"

Max wurde langsam sauer. Anna hatte Gustav doch kennen gelernt, war auf ihm ausgeritten. Wie konnte sie bloß so doof fragen?

„Ich habe Gustav zum siebten Geburtstag bekommen, Anna", erklärte er geduldig. „Sei mir nicht böse, aber es ist mir wichtiger, jetzt bei meinem Pony zu bleiben, als mich in den Bergen zu amüsieren. Das heißt doch nicht, dass Gustav mir wichtiger ist als du."

Aber Anna war eingeschnappt. „Wenn du meinst", sagte sie kühl, „ich kann mich auch alleine amüsieren." Sie legte auf.

Beleidigte Leberwurst, dachte Max wütend. So was Blödes! Das hätte er nicht von seiner Freundin gedacht.

„Was ist denn mit dir los?", fragte seine Mutter, als er mit grimmigem Gesichtsausdruck in die Küche kam.

„Ach, Anna kapiert nicht, dass ich hier bleiben will", sagte er empört.

Frau Hansen brachte Verständnis dafür auf. „Sei nicht sauer auf sie", nahm seine Mutter seine Freundin in Schutz. „Bestimmt ist sie fürchterlich enttäuscht, weil sie sich so auf eure erste gemeinsame Urlaubswoche gefreut hat. Rufe sie heute Abend noch einmal an und wünsche ihr frohe Weihnachten. Bis dahin hat sie sich wahrscheinlich wieder beruhigt."

„Pah!", entfuhr es Max. „Sie hat doch einfach aufgelegt. Dann kann sie auch gefälligst hier anrufen."

Immer noch enttäuscht und wütend machte er sich auf den Weg in den Stall.

Der Heilige Abend verlief nicht so fröhlich wie sonst auf dem Ponyhof Pojenbergen. Nach der Kirche machten sie im Wohnzimmer die Bescherung. Bunt verpackte Päckchen lagen unter einem festlich geschmückten Tannenbaum.

Max konnte sich trotz seiner Geschenke nicht so richtig freuen. Gustav hatte hohes Fieber. Anna hatte nicht angerufen. Seine Laune besserte sich erst, als Tobi nach dem Fondue-Essen herüberkam. Sie setzten sich zu Gustav in den Stall und kühlten seinen heißen Körper mit kühlen Wickeln. Max hatte Tobi sein Telefonat mit Anna Wort für Wort wiedergegeben.

Sein Freund war genau so entsetzt wie er. „So eine dumme Kuh!", war sein gnadenloser Kommentar. „Typisch für ein Stadtmädchen. Hat sie nie ein eigenes Tier gehabt?"

Max zuckte mit den Schultern. Tobi war nun mal sein bester Freund. Er wusste, wie sehr Max an Gustav hing.

Als sein Pony abgekühlt war, nahm er die Wickel ab. „Mist, jetzt fröstelt er wieder", stellte Max fest.

Das war kein gutes Zeichen. Sie deckten Gustav für die Nacht mit leichten Decken zu und gingen zurück ins Haus.

„Annas Vater hat angerufen", teilte ihnen Frau Hansen mit. „Ich soll dich schön grüßen, Max. Er sagte, dass du jederzeit willkommen bist, falls du doch noch mitwillst. Falls nicht", wiegelte sie ab, als ihr Sohn sich gerade wieder aufregen wollte, „braucht Anna wohl ein bisschen Zeit, um sich zu beruhigen. Ich denke, deine schmollende Anna hat ihrer Familie den Weihnachtsabend gründlich verdorben", vermutete seine Mutter.

„Mir doch egal", brummte Max.

„Genau!", pflichtete Tobi ihm bei. „Uns doch egal!"

Kopfschüttelnd sah Frau Hansen den beiden nach, wie sie die Treppe hoch in Max' Zimmer verschwanden.

Gustav starb drei Tage nach Weihnachten. Max war bei ihm, als sein Pony den letzten rasselnden Atemzug tat. Er weinte um seinen geliebten Gustav, der sich neun Jahre lang als treuer Gefährte und Wegbegleiter erwiesen hatte. Sein Vater legte tröstend den Arm um ihn.

„Du hast getan, was du tun konntest, Junge", sagte er. „Das hätte nicht jeder gemacht, der die Wahl gehabt hätte zwischen Krankenpflege und einem Skiurlaub mit seiner Freundin. Respekt!"

Max war froh, dass sein Vater ihn tröstete und lobte, aber das minderte nicht seine tiefe Traurigkeit. Niedergeschlagen legte er sich im Dunkeln auf sein Sofa und hörte die CD, die er und Anna so gerne zusammen gehört hatten. Seine Freundin hatte ihn nicht mehr angerufen vor ihrer Abreise, was seinen Schmerz jetzt verdoppelte. Alleine im Dunkeln weinte Max um Gustav – und ein bisschen auch um Anna.

„Was wird eingeweiht?"

„Nein, Oma, es hat geschneit!", rief Max am Frühstückstisch.

Daniel kicherte.

„Kind, seit wann nuschelst du bloß so schrecklich?", fragte seine Großmutter. „Du musst laut und deutlich sprechen."

Max holte tief Luft. „Ich gehe jetzt zu Tobi", teilte er mit.

„Was gibt es bei Obi?", fragte seine Oma.

Max stöhnte laut auf. Daniel fiel vor Lachen vom Stuhl.

„Hast du deinen kleinen Bruder vom Stuhl geschubst?", fragte seine Großmutter empört. „Max, das macht man aber nicht!"

Als Tobi die Tür öffnete, weil es geklingelt hatte, sah er niemanden im Vorgarten. Er ging einen Schritt vor die Haustür und rief: „Hallo!"

Zack! Ein Schneeball traf ihn voll auf die Brust. Max kam lachend hinter einem Busch hervor. „Komm raus, du Feigling!", rief er.

„Na warte, Bursche, das kriegst du wieder", gab Tobi ihm zurück.

Zwei Minuten später war eine zünftige Schneeball-schlacht im Gange.

Später saßen sie in Tobis Zimmer und tranken heißen Kakao.

„Oh Mann", sagte Max' bester Freund, „ich kann es gar nicht erwarten, dass die Weltmeisterschaft losgeht. Nur noch fünf Monate und zehn Tage. He, Max, das wäre doch was, wenn du bei deinem Lehrgang mit der U 16 im März so groß rauskommen würdest, dass du gleich in den A-Kader berufen wirst. Dann könntest du beim Auftakt-spiel am 9. Juni in München auflaufen. Das wäre doch megakrass, oder?"

„Träum weiter, Tobi", lachte Max. „Ich wäre schon su-perglücklich, wenn ich bei einem Spiel mit der U 16 zum Einsatz kommen würde."

„Mein Freund Max wird Nationalspieler", schwärmte Tobi. „Obwohl er kaum besser spielt als ich, wenn über-haupt."

Kaum hatte er den Satz ausgesprochen, flog ihm auch schon sein eigenes Sportsfreunde-Münchner-Bayern-Kissen ins Gesicht.

„Pass bloß auf", beschwerte sich Tobi, „sonst nehme ich dich nicht mit zur großen Pojenbergener Silvesterparty."

„Große Lust habe ich sowieso nicht", gab Max zu.

„Das ist die beste Ablenkung überhaupt für dich", befand sein Freund. „Und das Beste: Es kommen mehr Mädels als Jungs! Hervorragende Aussichten also."

„Ach nee, und was sagt Gina dazu?"

Tobi grinste. „Der Urlaub liegt schon fünf Monate zurück. Die Erinnerung verblasst langsam. Ich werde bald siebzehn, stehe voll im Saft und sehe verdammt gut aus. Wer weiß, ob ich Gina je wiedersehe?" Sein Grinsen wurde breiter. „Und außerdem kommt die süße Blonde aus der 10a. Ich glaube, die steht auf mich."

„Tobi, Tobi", stellte Max gespielt erschüttert fest, „du bist ja ein echter Schwerenöter und Herzensbrecher. Wer hätte das gedacht?" Jetzt flog das Kissen in Max' Gesicht. „Iiiih, der Bayern-Virus", rief er, „nimm es weg, nimm es weg! Wehe, wenn das ansteckend ist!"

Trotz der Begleitumstände freute sich Tobi, dass er auch in diesem Jahr wieder zusammen mit Max Silvester feiern konnte. Der Schnee war zwar leider geschmolzen und es nieselte leicht, aber die Party in der Scheune war wirklich lustig. Max musste allen ehemaligen Mitspielern und Schulkameraden berichten, was er im HSV-Internat so alles erlebt hatte. Als sie von der Berufung in die deutsche U-16-Nationalmannschaft erfuhren, freuten sie sich aufrichtig mit ihm. Zum Böllern gingen sie ab und zu nach draußen. Auf der Tanzfläche war die ganze Zeit über Betrieb. Max teilte sich entgegen seiner sonstigen Gewohnheit eine Flasche Sekt mit Tobi. Äußerst gut gelaunt suchten sie nach Mitternacht die Tanzfläche auf, wo traditionell nach 0.30 Uhr nur noch Engtänze gespielt wurden. Tobi hielt Ausschau und fand die wirklich süße Blonde aus der 10a. Max kümmerte sich netterweise um ihre Freundin.

DFB-Lehrgang (11)

Am Neujahrstag klopfte seine Mutter um 13.00 Uhr bei Max an die Zimmertür. „Max, aufstehen!", rief sie. „In zehn Minuten ist das Mittagessen fertig."

„Jaja, ich komme gleich", stöhnte ihr Sohn mit belegter Stimme. Mühsam rappelte er sich hoch und setzte sich aufs Bett. Der Kopf tat ihm weh. Er konnte keinen Alkohol vertragen, weil er sonst nie etwas trank. Wie konnte man das Zeug nur freiwillig in sich reinschütten? Der süße Sekt hatte ihn außerdem dazu verleitet, erinnerte er sich schlagartig, mit der nicht minder süßen Freundin von Tobis neuer Flamme zwei bis drei Stunden Engtänze zu tanzen. Max dachte kurz an Anna, aber dann fand er, dass sie selbst Schuld hatte. Schließlich hatte sie ihn nicht zurückgerufen. Er ging ins Bad und machte sich frisch, so gut es eben ging. Dann ging er hinunter. Nach dem Essen und zwei Flaschen Selterwasser fühlte er sich wieder besser.

Tobi kam rüber und fragte, ob er mit zu Tanja kommen würde. So hieß seine neue Freundin.

„Britta ist auch da", grinste er. „Deine Dauertanzpartnerin von gestern Nacht. Du erinnerst dich dunkel?"

„Nee, lass mal lieber", winkte Max ab. „Ich glaube nicht, dass das eine gute Idee ist."

„Wieso denn nicht?", fragte Tobi vergnügt. „Ist dir ein einfaches Mädchen vom Lande nach einer Italienerin und einer Hamburgerin nicht mehr gut genug?"

„Haha, wie witzig. Ich will jetzt noch drei Tage meine Ruhe haben, bevor es zurück ins Internat geht. Grüß sie schön und viel Spaß mit deiner Tanja, du Herzensbrecher."

„Schade, Britta wird bestimmt enttäuscht sein. Wer von uns beiden hier wohl der Herzensbrecher ist, frag ich mich."

Am 4. Januar brachten ihn seine Eltern und Daniel zurück nach Norderstedt. Es war ein Sonntag. Anna hatte sich nicht gemeldet. Keine Postkarte, kein Anruf. Seine Eltern fuhren anschließend mit seinem kleinen Bruder in die Innenstadt ins Kino. Max musste noch etwas für die Schule vorbereiten. Nach und nach trudelten die anderen Internatsschüler ein. Frau Wolke begrüßte alle fröhlich und wünschte ihnen ein erfolgreiches neues Jahr.
Als Max abends sein E-Mail-Postfach abfragte, hatte er mehrere neue Nachrichten. Eine davon war von Anna! Sie war heute abgeschickt worden, vor ungefähr einer Stunde. Er öffnete die Mail und las:
„Lieber Max! Das ist alles so blöd gelaufen! Tut mir leid, auch das mit Gustav. Bekomme ich morgen trotzdem mein Weihnachtsgeschenk? Ich bringe dir deins mit. Bitte sei mir nicht böse! Anna"
Max legte ihre gemeinsame CD ein und las die Nachricht ein zweites und ein drittes Mal. Das Geschenk. Er und Anna hatten abgemacht, dass sie sich ihre Geschenke im Skiurlaub überreichen würden. Max holte ein Päckchen aus der Reisetasche und überlegte. Irgendwie war er noch ganz schön sauer auf Anna. Ihre Reaktion am Telefon hatte ihn sehr verärgert. Sie war zickig und dickköpfig gewesen und hatte sich anschließend nicht mehr bei ihm gemeldet. Wollte er mit Anna zusammenbleiben? Max drehte das Päckchen nachdenklich in seinen Händen hin und her. Gustavs Tod machte ihm immer noch schwer zu schaffen. Der Verlust seines Ponys hatte ihn auch deswegen so hart getroffen, weil er das erste Mal jemanden

verloren hatte, den er wirklich geliebt hatte. Er dachte an den Tag, an dem er Gustav geschenkt bekommen hatte, daran, wie er auf ihm ausgeritten war, wie er ihn am Ende mit Decken gewärmt und ihn hatte sterben sehen. Max weinte lautlos. Er weinte und fühlte in diesem Moment, dass er Anna vermisste. Er wollte sie in die Arme nehmen. Er wollte sie auf keinen Fall verlieren. Max stand auf und legte das Päckchen in seinen Schulrucksack. Er hatte eine zierliche Kette für sie gekauft mit einem kleinen goldenen Anhänger. Max wollte Anna verzeihen. Ja, er wollte mit ihr zusammenbleiben.

Die erfolgreiche Versöhnung mit seiner Freundin hatte bewirkt, dass es Max schnell wieder besser gegangen war. Nachdem er drei Wochen später beim Training mit der Hamburgauswahl einen schmerzhaften Tritt gegen den Knöchel bekommen hatte, musste er im Internat einen Tag mit dem Training pausieren. Er war bei Anna. Mona und Matze waren auch da. Für Matzes Verhältnisse waren sie schon sensationell lange zusammen.

„Bist du übermorgen beim Hallenturnier wieder fit?", fragte sein Mitspieler, der wegen eines gerade überstandenen grippalen Infekts ebenfalls mit dem Training aussetzte.

„Ich denke schon", antwortete Max. „Und du?"

„Ich spiele bestimmt nicht alle Partien durch", vermutete ihr Linksaußen. „Vielleicht ein, zwei Spiele."

„He, ihr Nervensägen", mischte Mona sich ein, „müsst ihr eigentlich ständig über Fußball quatschen?"

„Fußball ist unser Leben", stellte Matze grinsend fest. „Was kann es Wichtigeres geben?"

Danach hatte er alle Hände voll zu tun, Mona mit ihren langen Fingernägeln von seinem Gesicht fernzuhalten.

Sie verbrachten einen lustigen Nachmittag zu viert, mit viel Gelächter und tatsächlich ohne weiter über Fußball zu reden. Abends gingen sie gemeinsam ins Kino.

Als Max wieder im Internat war, rieb er sich seinen Knöchel dick mit Sportsalbe ein und legte für die Nacht einen Verband an.

Am nächsten Morgen tat der Knöchel zum Glück nicht mehr weh, obwohl er noch grün-gelb-bläulich schimmerte. Vorsichtshalber wiederholte Max die Prozedur mit Salbe und Verband noch einmal.

Freitagnachmittag konnte er schmerzfrei trainieren und am Samstag seine Mannschaft als Kapitän auf den Platz führen. Nach einem glatten Durchmarsch durch die Vorrunde und einem hart erkämpften Sieg im Halbfinale verloren sie das Endspiel unglücklich mit 0 : 1.

Die Enttäuschung dauerte bei Max allerdings nur bis zum Abend an. Herr Brand teilte ihm mit, dass sie am nächsten Freitag gemeinsam nach Leipzig fahren würden.

„Herr Schumann hat angerufen, der Trainer der U 16. Ihr trefft euch um 17.00 Uhr im Sporthotel. Eine Stunde später ist die erste Trainingseinheit angesetzt. Da ich ohnehin am Wochenende ein Seminar in Leipzig habe, können wir uns auch zusammen auf den Weg machen. Oder würdest du lieber alleine mit der Bahn fahren?"

Max verneinte vehement. Er freute sich, dass er mit Herrn Brand fahren konnte. Mit seinem Sportflitzer würden sie bestimmt schnell in Leipzig sein.

In der Woche bat Max die älteren Internatsschüler, die bereits bei DFB-Lehrgängen vorgespielt hatten, ihm von ihren Erfahrungen zu berichten. Diejenigen, die nach der Sichtung dabeigeblieben waren, taten ihm den Gefallen gerne. Die anderen, die kein zweites Mal eingeladen worden waren, winkten nur genervt ab. Max erfuhr, dass jeweils im Sommer ein großes DFB-Sichtungsturnier stattfand. In Duisburg-Wedau wurde das einwöchige Sommerlager durchgeführt, wo alle U-16-Auswahlteams der Länder vor den Augen zahlreicher Beobachter des Deutschen Fußball-Bundes unter Wettkampfbedingungen vorspielen konnten. Am Ende wurde der erste Nationalmannschaftskader berufen, bestehend aus 30 auserwählten Spielern. Ein zweiter Kader von weiteren 30 Spielern bildete die Reserve. Von Herrn Brand hatte Max bereits erfahren, dass er mit der Hamburgauswahl im letzten Sommer dabei gewesen wäre, wenn er nicht genau in dieser Woche die Chikagoreise mit seiner alten Mannschaft angetreten hätte. Herr Brand hatte bereits zu diesem Zeitpunkt mit Herrn Schumann abgesprochen, dass Max bei anhaltend guten Leistungen in den Kader nachrücken durfte. Herr Schumann hatte Max beobachten lassen und sich beim Punktspiel in Bremen selbst von dessen fußballerischen Qualitäten überzeugt. Anschließend war er sicher gewesen, dass Max seinen Kader verstärken würde, und informierte Herrn Esteban. Max hatte ebenfalls erfahren, dass ab der U 16 Länderspiele veranstaltet wurden. Im März sollte es für den jetzigen Jahrgang so weit sein. Herr Brand hatte Max versichert, dass für ihn die Tür weit offen stehen würde, wenn er in Leipzig gute Leistungen bringen und den Trainerstab von sich würde überzeugen können. Max wollte sich diese einmalige Chance natürlich nicht nehmen lassen.

In Leipzig wurde Max in der Empfangshalle des Sporthotels von Herrn Schumann persönlich begrüßt. Der drahtige Sportlehrer und Experte für die DFB-Fußballjugend stellte ihm seinen Trainerstab und die bereits eingetroffenen Mitspieler vor. Max war der einzige HSV-Spieler. Er wurde herzlich im Kreis der jungen Talente aufgenommen. Ein Junge aus Niedersachsen, Viktor vom LFV Osnabrücken, zeigte ihm das Doppelzimmer, das beide sich bis Sonntag teilen würden. Viktor war seit dem Sommer dabei. Er erzählte Max, was er bisher verpasst hatte, und schwärmte von den Trainern:

„Der Schumann ist wirklich klasse, der lebt den Fußball. Wahnsinn, wie viele Spieler der schon für den DFB trainiert hat. Auch aktuelle Nationalspieler. Der kennt sie alle, von klein auf."

„Habt ihr hier schon eine Stammelf?", fragte Max, der darauf bedacht war, sich nichts von seiner Besorgnis anmerken zu lassen.

Viktor grinste ihn an. „Keine Angst, HSV-Maxe", beruhigte er ihn. „Abwehr und Sturm stehen, wenn du mich fragst. Ich spiele im defensiven Mittelfeld und mache den Abräumer vor der Abwehr. Unumstritten auf meiner Position, wenn ich das mal so unbescheiden sagen darf."

Max nickte und bewunderte das überaus gesunde Selbstvertrauen und das souveräne Auftreten Viktors.

„Vor mir auf der Spielmacherposition gibt es zwei, drei gute Kandidaten", fuhr dieser fort. „So wie ich das sehe, hat sich Schumann da noch nicht festgelegt. Dafür ist ja auch dieser Lehrgang angesetzt. Hinterher setzen die Trainer sich zusammen und entscheiden, wer im März beim Länderspiel dabei sein wird. Also, Mann, mach was draus hier. Jan hat gesagt, dass du ein echt guter Spielmacher bist. Und das soll was heißen, Jan spricht sonst nicht sehr viel."

„Jan?", fragte Max überrascht. „Wer ist Jan?"

„Jan ist unser Stürmerstar von Weser Bremen. Der hat eine super Torquote, obwohl er im Verein auch schon ältere B-Jugend spielt."

„Ah, ich glaube, ich weiß, wen du meinst. So ein großer Blonder mit langen glatten Haaren und Seitenscheitel?"

„Genau", bestätigte Viktor. Max erinnerte sich. Das war einer der zwei Bremer Stürmer, die ihre Abwehr so durcheinandergewirbelt hatten in der jüngeren B-Jugend. In der älteren B-Jugend hatte er ihnen am Nikolaustag zwei Tore eingeschenkt. Das war eine ganz schöne Kante, dieser Jan.

„So, jetzt aber schnell umziehen", drängelte Viktor. „Auf zu deinem ersten DFB-Training."

Max hatte sich fest vorgenommen, seine Chance zu nutzen – und er tat es eindrucksvoll. In jeder Trainingseinheit gab er Vollgas, setzte sich einhundertprozentig ein und gab in allen Trainingsspielen klare Kommandos als Mittelfeldchef. Es hatte ihm Mut gemacht, dass Viktor ihm erzählt hatte, dass Herr Schumann sich noch nicht auf einen Spielmacher festgelegt hatte. Max wollte zeigen, dass nur er für die Position der Nummer 10 in Frage kam. Er riss seine Mitspieler mit seinem Einsatz förmlich mit, spielte groß auf, schoss etliche Traumtore und wurde aufgrund seiner lockeren, lässigen Art gut von der Gemeinschaft aufgenommen. Als er sich am Sonntagnachmittag von den Trainern und seinen Mitspielern verabschiedete, zweifelte niemand daran, dass Max der Spielmacher der U-16-Nationalmannschaft werden würde.

Länderspielpremiere (12)

Die Hallensaison war ziemlich erfolgreich verlaufen, aber Anfang März freuten sich alle, dass sie wieder im Freien trainieren konnten. Es herrschten bereits recht milde Temperaturen, das Gras war grün und die Lust auf Fußball groß. Die ältere B-Jugend spielte sich zunehmend besser ein und brannte auf ihr erstes Punktspiel nach den Frühjahrsferien. Vorher jedoch stand für Max ein anderes heiß ersehntes Highlight an: sein erstes Länderspiel!

Herr Esteban hatte Max Mitte Februar die frohe Botschaft überbracht, dass er in den Frühjahrsferien beim ersten offiziellen Länderspiel der U 16 dabei sein würde.

„Herr Schumann hat besonders von deinen technischen Fähigkeiten, deiner Spielübersicht und deiner Torgefährlichkeit geschwärmt. Gratuliere, Max, du hast in Leipzig voll überzeugt. Das haben wir alle hier natürlich nicht anders erwartet", hatte er lächelnd hinzugefügt.

Max war danach glücklich ins Internat getaumelt und hatte noch Stunden später gegrinst wie ein Honigkuchenpferd. Er war wie auf Wolke 7 durch die Gegend geschwebt und hatte sich immer wieder vorgestellt, wie es wohl sein würde, vor einem eigenen Fußballspiel die deutsche Nationalhymne zu hören.

Anfang März, zwei Wochen vor seiner Abreise, war er langsam nervös geworden. Zum Glück hatten sie in der Schule in dieser Zeit nur zwei Arbeiten geschrieben, die Max mit einer Drei minus in Deutsch und einer Vier in Physik eher mittelprächtig absolviert hatte.

Heute, drei Tage vor seinem Abflug nach Moskau, saß er bei Herrn Brand im Büro. Der Chef des Nachwuchsleistungszentrums wollte ihm einige Verhaltensregeln mit auf den Weg geben.

„Also, Max", begann er, „das ist zum Auftakt ein ziemlicher Knaller. Das erste Länderspiel gleich in Moskau gegen Russland, Unterkunft im Hotel Vega am Roten

Platz. Da hat der DFB es wirklich gut mit euch gemeint. Das Hotel ist spitze, da kannst du dich drauf freuen."

„Ich freue mich auf die beiden Spiele", entgegnete Max. Herr Schumann hatte Herrn Esteban telefonisch mitgeteilt, dass sie zweimal gegen Russland antreten würden, damit sich die weite Anreise lohnen würde.

„Natürlich freust du dich auf die Spiele", konnte Herr Brand nachvollziehen. „Denke aber bitte während der gesamten Reise daran, dass du immer auch den HSV repräsentierst. Wir sind sehr stolz auf dich, Max. Ich bin mir sicher, dass keine Klagen kommen werden. Du hast in den anderthalb Jahren bei uns große Fortschritte gemacht und bist ein vorbildlicher Mannschaftsführer geworden. Besinne dich auch im Nationalteam auf deine Stärken. Übernimm Verantwortung auf und neben dem Platz. Du weißt, dass die Reise eine Riesenchance für dich ist. Nutze sie!"

Max nickte. Es gab viele Beispiele dafür, dass Spieler abgehoben waren und sich nach ihrem ersten Einsatz im Nationaldress bereits als die kommenden Superstars der Bundesliga gesehen hatten.

„Träumen ist erlaubt, Max", gab ihm Herr Brand mit auf den Weg, als er dessen Büro verließ. „Träume braucht der Mensch, um die Kraft aufzubringen, große Ziele zu erreichen. Geschafft hast du es aber erst, wenn du hundert Mal in der Bundesliga als Stammspieler aufgelaufen bist. Vorher nicht."

„Herr Rauer hat ständig gesagt, dass ich immer schön auf dem Teppich bleiben soll", sagte Max.

„Herr Rauer hat recht damit", bestätigte Herr Brand. „Herr Rauer hat einhundertprozentig recht."

Am Freitagnachmittag begann ein neuer Lebensabschnitt für Max: sein Dasein als DFB-Jugendnationalspieler. Er flog von Hamburg aus nach Frankfurt und erreichte abends den Treffpunkt, das dortige Sporthotel. Nach der Begrüßung bekamen die Jungs für ihre erste Länderspielreise eine extragroße Sporttasche als Geschenk. Als Max und Viktor, die sich wieder ein Zimmer teilten, den Inhalt der Taschen kopfüber auf ihren Betten leerten, war die Freude groß: zwei Sätze Trikots mit Hosen und Stutzen, T-Shirts, zwei Paar Fußballschuhe, Laufschuhe, ja sogar Badelatschen waren dabei. Stolz zogen sie ihre Nationalmannschaftstrikots an, posierten vor dem Spiegel und fotografierten sich gegenseitig mit Viktors Fotohandy.

Sonnabend frühstückten sie alle zusammen, machten sich gemeinsam im Bus auf den Weg zum Flugplatz und flogen nach Moskau. Am späten Nachmittag checkten sie im Viersternehotel Vega ein. Nach dem Abendessen sahen sie sich den Roten Platz an. Max war fasziniert von den Gebäuden, den Menschen und der Atmosphäre in der Hauptstadt Russlands. Vom Ponyhof Pojenbergen auf den Roten Platz, dachte er. Wer hätte das vor zwei Jahren gedacht? Doch es sollte noch besser kommen:

Nach der Trainingseinheit am Sonntag hielt Herr Schumann ihnen eine Ansprache in der Kabine. Er teilte ihnen die Mannschaftsaufstellung für das erste Spiel mit, das am morgigen Abend im Zentralstadion stattfinden würde.

„Wir haben sechzehn Feldspieler mit und zwei Torhüter. Jeder von euch wird eingesetzt werden, und zwar in beiden Spielen."

Nach diesen Sätzen bereits atmeten alle Jungs klammheimlich erleichtert auf. Auch Max. Er würde spielen. Er würde seine Chance bekommen. Ja! Herr Schumann benannte die Startelf, und Max atmete noch einmal tief durch. Er war dabei. Er würde vor dem Spiel auf dem Rasen stehen und die Nationalhymne hören. Ja! Ja!

„Wir haben lange überlegt", fuhr Herr Schumann fort, „wer Kapitän dieser Mannschaft werden soll. Fast alle von euch sind in ihrer jeweiligen Mannschaft die Spielführer. Hier kann es nur einen geben. Das sollte jeder Einzelne von euch ganz schnell akzeptieren, ist das klar?"

Die Jungs nickten. Sie waren dabei. Sie würden morgen Abend Nationalspieler werden. Sie würden es auch akzeptieren, wenn Herr Schumann von ihnen verlangen würde, dass sie barfuß und mit Sonnenbrille auflaufen sollten.

Auch Max nickte mit. Er lachte voller Vorfreude auf das morgige Spiel in sich hinein, als sein Nationaltrainer sich ihm plötzlich zuwandte, auf ihn zeigte und sagte: „Da sitzt der Kapitän der U-16-Nationalmannschaft. Max vom Hamburger Sport-Verein. Gratuliert eurem neuen Mannschaftsführer, Jungs!"

Seine Mitspieler applaudierten und johlten, sprangen auf und drückten dem verblüfften Max die Hand.

Herr Schumann zwinkerte seinem Assistenztrainer zu. Die Reaktionen ihrer Spieler belegten, dass diese Entscheidung nicht nur akzeptiert, sondern auch respektiert wurde. Es zeigte, dass sie Max in der Führungsrolle anerkennen würden. Das war gut, denn jede Mannschaft brauchte eine klare Hierarchie.

Herr Schumann schüttelte Max ebenfalls die Hand und klopfte ihm auf die Schulter. „Mach uns keine Schande, Max!", scherzte er. „Beweise uns, dass wir die richtige Wahl getroffen haben."

Max konnte nur nicken. Antworten konnte er nicht. Er war sprachlos.

Montagabend, Zentralstadion Moskau, 2 000 Zuschauer, Flutlicht, verhältnismäßig milde Temperaturen. Das waren die Rahmenbedingungen für Max' Länderspielpremiere. In der Kabine hatten sie nach dem Warmmachen noch einmal die Taktik und die Auswechslungen besprochen, die in der Halbzeit erfolgen würden. Max als Kapitän sollte ebenso durchspielen wie die beiden Innenverteidiger, Viktor im defensiven Mittelfeld und Jan im Sturm.

Herr Schumann klatschte in die Hände. Die Jungs zogen ihre Trainingsjacken aus.

Max zog sich bewusst langsam die Kapitänsbinde über den Arm. Er berührte den Adler und die drei Sterne auf dem Trikot. Jeder Stern stand für einen gewonnenen Weltmeistertitel: 1954 – 1974 – 1990. Max ließ sich vom Assistenztrainer den deutschen Wimpel geben und führte seine Mannschaft in die Vorhalle, wo das Schiedsrichtergespann und die russische Mannschaft bereits warteten. Die Jungs sahen sich neugierig an, einige lächelten ihren Gegnern zu. Dann führte der Schiedsrichter die beiden Teams auf den Platz.

Als Max in das vom Flutlicht beleuchtete Stadion unter dem aufmunternden Applaus der 2 000 Zuschauer und zahlreicher internationaler Fußballscouts einlief, hatte er eine Gänsehaut. Sie stellten sich im Mittelkreis auf und hörten die Nationalhymnen. Erst die des Gastes aus Deutschland. Max hatte sich fest vorgenommen mitzusingen, doch jetzt bekam er kein Wort über die Lippen. Er hörte einfach nur zu, ins helle Flutlicht getaucht, im Trikot der Deutschen Nationalmannschaft, die Nummer 10 auf dem Rücken, den Bundesadler auf der Brust, die Kapitänsbinde am Arm, Gänsehaut am ganzen Körper und – oh nein – Tränen in den Augen. Max pustete durch und riss sich zusammen, um nicht von seinen Gefühlen überwältigt zu werden. Als die Hymne endete, hüpfte er einige Male auf der Stelle und klatschte in die Hände. Verstohlen blinzelte er die Tränen weg. Ein Mannschaftsführer musste cool sein. Nach der russischen Hymne tauschte er mit dem gegnerischen Kapitän die Wimpel, gewann die Seitenwahl und klatschte sich mit seinen Mitspielern ab. Dann ging es los.

Abends im Hotel, kurz vor dem Einschlafen, war es Max sehr wohl bewusst, dass nicht das 1 : 1 in seinem ersten Länderspiel das unvergessliche Erlebnis bleiben würde. Das Spiel war ausgeglichen und anfangs von Nervosität geprägt gewesen. Nach zehn Minuten hatten die deutschen Spieler die Anspannung abgelegt und gut mit Russland mitgehalten. Die Gastgeber waren in Führung gegangen, Deutschland hatte unmittelbar darauf durch ein Kopfballtor des Bremers Jan nach Traumflanke von Max ausgleichen können. Nach der Halbzeit und den vielen Wechseln hatte keine der Mannschaften den Sieg in diesem unspektakulären Spiel verdient gehabt. Nein, die unvergesslichen Ergebnisse waren für Max das Einlaufen als Kapitän und das Hören der Nationalhymne gewesen. Ein unglaubliches Gefühl! Schade, dass niemand aus seiner Familie dabei gewesen war. Max schloss die Augen, seufzte zufrieden und stellte sich vor, wie er in seinem ersten Heimländerspiel in Deutschland sein erstes Länderspieltor schoss. Alle seine Freunde, Anna und die ganze Familie würden auf der Tribüne sitzen und zusehen. Stolz und glücklich schlief Max ein.

Die Woche in Russland nutzten sie, um sich in den einzelnen Mannschaftsteilen besser einzuspielen und um taktische Varianten auszuprobieren einerseits, andererseits aber auch, um ihre Kameradschaft während gemeinsamer Ausflüge zu stärken. Die Jungs lernten sich besser kennen und hatten viel Spaß miteinander. Zwischen Max und Viktor entwickelte sich eine echte Freundschaft. Die Trainingseinheiten waren hart und abwechslungsreich. Ihre Trainer zeigten ihnen die Videoaufzeichnung des ersten Spiels, analysierten Schwächen und Stellungsfehler und gaben Tipps zur Verbesserung. Das Hotel war eine Wucht, ausgestattet mit einem riesigen Pool, einer Saunalandschaft und Fitnessräumen. Die Woche verging wie im Flug.

Das zweite Spiel gegen Russland am Donnerstagmittag gewannen sie 3 : 2. Max' Traum, sein erstes Länderspieltor in Deutschland zu schießen, würde sich nicht erfüllen: Er erzielte es in Moskau. Ein gnadenloser Freistoßhammer, ein Schuss wie ein Strich, und der Ball schlug zwei Minuten vor Ende des Spiels im rechten Torwinkel ein. Der Kapitän der deutschen U-16-Nationalmannschaft hatte sein Team mit diesem Tor zum 3 : 2 zum ersten Sieg geführt.
Entsprechend laut war der Jubel nach dem Abpfiff in der Kabine. Herr Schumann schüttelte jedem einzelnen Spieler die Hand und bedankte sich für die gute Leistung. Zum Abschluss des Tages gingen sie zum Essen und Feiern abends in ein Restaurant in der Innenstadt.

Es war eine atemberaubende Woche voller neuer Eindrücke für Max gewesen. Herr Schumann versicherte ihm nach der Landung am Frankfurter Flughafen, dass er auch in Zukunft auf ihn als Kapitän setzen würde.

Als Max am Sonnabendnachmittag in Hamburg-Fuhlsbüttel landete, war er, so dachte er, der glücklichste deutsche Jugendnationalspieler aller Zeiten.

Saisonalltag (13)

Immer schön auf dem Teppich bleiben. Das war manchmal leichter gesagt als getan. Nach Max' triumphaler Rückkehr nach Hamburg ins Internat, wo sich seine Erfolge rasch herumgesprochen hatten, war er ein gefragter Gesprächspartner. Die Mitschüler und Trainer waren fast alle trotz der Frühjahrsferien anwesend, weil der HSV am Sonntag ein großes Turnier auf der vereinseigenen Anlage veranstaltete. Auch die jüngere und die ältere B-Jugend waren mit dabei. Herr Esteban und Herr Ramm hatten Max freigestellt, nach der anstrengenden Reise mit der Nationalmannschaft mitzuspielen. Doch Max hatte Herrn Ramm, der ihn vom Flughafen abgeholt hatte, bereits versichert, dass er unbedingt dabei sein wolle.
Abends musste Max dann allen im Internat von seinen Erlebnissen berichten. Anschließend telefonierte er noch mit seiner Familie, Anna und Tobi, ehe er müde und erschöpft ins Bett fiel.

Am Sonntag fühlte er sich nach dem Aufstehen wieder fit und voller Tatendrang. Nach dem Frühstück gab er dem HSV-Live-Magazin ein Interview für die nächste Ausgabe. Die Internetseite der Jürgen-Werner-Schule würde ebenfalls einen Bericht über seinen erfolgreichen Einstand in der Nationalmannschaft veröffentlichen. Als er mit Alban in die Kabine seiner Mannschaft ging, wurde er auf dem Weg dorthin mindestens zehnmal angehalten. Ihm wurde gratuliert und auf die Schultern geklopft.

„Wird Zeit für Autogrammkarten", witzelte sein Torwart. In der Kabine wurde er mit lautem Applaus begrüßt. Valentin und Tolga klatschten mit ihm ab.

„Super, Max!", gratulierte Valentin voller aufrichtiger Freude.

„Reife Leistung!", erkannte Tolga bewundernd an.

Max wurde die Aufmerksamkeit langsam unangenehm. Er freute sich, als Herr Esteban endlich zur Tagesordnung überging und die Mannschaftsaufstellung für das erste Spiel bekannt gab.

Das Turnier war kurzfristig angesetzt worden, um Spielpraxis zu sammeln. Das Wetter im Februar war dermaßen schlecht gewesen, dass aufgrund der Unbespielbarkeit der Plätze sämtliche Punkt- und Pokalspiele abgesagt worden waren. Jetzt stand ein volles Programm mit einigen englischen Wochen an. Das erste Nachholspiel würde schon am nächsten Wochenende stattfinden. Deswegen wurde in den Ferien durchgehend trainiert. Max hatte die Erlaubnis bekommen, Montag bis Donnerstag nach Hause zu fahren. Freitag beim Abschlusstraining sollte er wieder dabei sein.

Das Turnier heute hatte einen Freundschaftscharakter, aber freiwillig wollte natürlich niemand als Verlierer vom Platz gehen. Gleich im ersten Gruppenspiel kam es zum Aufeinandertreffen zwischen der jüngeren und der älteren B-Jugend. Moritz entwickelte einen besonderen Ehrgeiz im Spiel und nahm Max in Manndeckung. Aber im Duell der Kapitäne konnte Max dennoch die entscheidenden Akzente setzen. 2 : 0 gewann die ältere B-Jugend.

Nach dem Spiel fiel ihm Anna um den Hals. „Ich habe dich so vermisst", gestand sie. „Musst du wirklich morgen zum Ponyhof fahren?"

„Ja", antwortete Max, „mein Vater holt mich ab." Er tröstete seine Freundin: „Wir beiden gehen heute Abend los, versprochen!" Er schaute sich suchend um. „Wo ist eigentlich Mona? Wollte sie nicht mitkommen?"

„Die ist stinksauer auf Matze", berichtete Anna ihm. „Letzte Woche hat er sie erst zweimal versetzt und dann am Telefon mit ihr Schluss gemacht, dieser Blödmann!"

„Oh, das wusste ich nicht", wunderte sich Max.

„Der hat bestimmt eine Neue", spekulierte Anna. „Frag ihn doch mal, warum er sonst Schluss gemacht hat."

„Da halte ich mich lieber raus", gestand Max. „Ich muss jetzt auch zur Mannschaftsbesprechung. Wir spielen in zwanzig Minuten auf Platz 3, das ist da vorn."

„Bis gleich!", rief ihm Anna hinterher. „Und frag Matze doch mal."

Nach der Mannschaftsbesprechung nahm Max seinen Linksaußen zur Seite: „Anna hat mir eben erzählt, dass du mit Mona Schluss gemacht hast."

Matze hob und senkte die Schultern. „Na ja", druckste er, „ich war letzte Woche mit Stephan, seiner Freundin und deren Freundin unterwegs. Nicht, dass ich es darauf angelegt hätte, aber dann …"

„… konntest du einfach nicht Nein sagen", vervollständigte Max den Satz.

„Immerhin habe ich Mona dann gleich angerufen und habe Schluss gemacht", fuhr Matze fort. „Besser, als sie lange hinzuhalten, oder?"

Max zuckte mit den Achseln.

„Mona ist ein tolles Mädchen mit viel Temperament. Sie wird bestimmt nicht lange trauern", vermutete der Linksaußen. „Sag ihr, sie soll nicht böse sein."

„Bist du verrückt?", fragte Max. „Die killt mich!"

Das Turnier gewann erwartungsgemäß die A-Jugend-Mannschaft des HSV. Allerdings mussten sie sich den 3 : 1-Sieg im Finale gegen die ältere B-Jugend hart erkämpfen. Nach dem Spiel gab es viele Komplimente für das unterlegene Team. Vor allem für Max, der in hervorragender Form war.

„Sieh zu, dass du dich fit hältst", riet ihm Herr Ramm. „Sonnabend erwartet dich der Saisonalltag. Vor dem Spiel in Rendsburg wird keine Hymne erklingen, und deine zukünftigen Gegner werden schon darauf warten, mal einem Nationalspieler zu zeigen, was eine Harke ist. Mit dem Neidfaktor wirst du ab sofort leben müssen. Das machst du dir am besten möglichst schnell klar. Mentale Stärke wird immer mehr gefragt sein, je höher du kommst."

Max nickte zustimmend. Das sah er genauso.

Auf dem Ponyhof waren alle Wohneinheiten mit Feriengästen belegt. Max musste ordentlich mit anpacken. Tobi half ihm beim Stallausmisten und ließ sich dabei alle Einzelheiten von der Russlandreise schildern.

„Wahnsinn!", murmelte er, als Max ihm die Einrichtung des Hotels Vega in Moskau beschrieb. „Da wärst du doch sonst nie im Leben hingekommen. Wahnsinn!"

Da konnte Max ihm nur beipflichten. Er konnte es selbst kaum glauben, was er in der letzten Woche alles erlebt hatte. Es war wie ein Traum.

„Wie geht es denn jetzt weiter mit deiner Nationalmann-schaftskarriere?", fragte Tobi.

„Im Mai gibt es noch ein Trainingslager in Berlin mit Heimspiel gegen Nordirland. Eine Woche vor dem WM-Start spielen wir ein internationales Turnier in Paris."

„Wow!" Tobi war schwer beeindruckt. „Und dann?"

„Dann wird es ein einwöchiges Sommerlager in Duisburg geben, nach der WM. Dort wird entschieden werden, wie der Kader der U 17 für die nächste Saison aussieht. Wenn ich noch dabei bin, werde ich mit um die Qualifikation für die U-17-Europameisterschaft spielen. Und für die U 18 könnte es theoretisch im Jahr darauf um die Welt-meisterschaft gehen."

Schweigen. Da verschlug es sogar Max' bestem Freund die Sprache. Nein, doch nicht: „Und anschließend als Weltmeister wechseln zu den Sportsfreunden Münchner Bayern", hauchte er entzückt.

Der Aufenthalt auf dem Ponyhof tat Max sehr gut. Es stach ihm zwar jedes Mal ins Herz, wenn er an Gustavs leerer Box vorbeiging, aber er genoss jede Minute, die er zu Hause verbringen konnte. Erfreulich war auch, dass seine Großmutter sich endlich davon hatte überzeugen lassen, ein Hörgerät anzuschaffen. Die Gespräche mit ihr verliefen nun zwar nicht mehr so witzig, waren dafür aber auch nicht mehr so anstrengend.

Daniel war ganz aus dem Häuschen gewesen, als Max ihm seine Mannschaftsführerbinde geschenkt hatte, die er in seinem ersten Länderspiel als Kapitän der U 16 getra-gen hatte. Sein kleiner Bruder trug die Binde Tag und Nacht und bedankte sich mindestens zehnmal dafür. Max hatte sie ihm mitgebracht, weil seine Mutter ihm am Te-lefon erzählt hatte, dass Daniel ihn doch sehr vermissen würde. Sein kleiner Bruder hätte das Max gegenüber selbstverständlich nie zugegeben.

Seinem Vater und seinem Großvater war der Stolz über ihren Sohn und Enkel deutlich anzumerken. Trotzdem ließen sie ihn kräftig mitarbeiten. Da Max zudem jeden Morgen einen Waldlauf machte, büßte er nichts von seiner Fitness ein.

Am Freitag brachte ihn seine Mutter zurück ins Internat. Sie unterhielt sich dort eine Weile mit Frau Wolke und Herrn Ramm, bevor sie sich zufrieden auf den Weg zurück nach Pojenbergen machte.

In Rendsburg regnete es. Der Platz war schwer und matschig, als der Schiedsrichter das Punktspiel der Regionalliga Nord anpfiff. Max spielte auf Tolga, der den Ball zurück auf Max legte. Der HSV-Kapitän drehte sich um und schob die Kunstlederkugel zurück auf Claudius. Dieser hatte sie noch nicht gestoppt, als Max durch die Luft und in den Matsch flog. Überrascht schrie er auf und hielt sich den Knöchel. Der Schiri pfiff sofort und zeigte dem Rendsburger nach dieser rüden Attacke die Gelbe Karte. Nach fünf Sekunden! Als Max mit schmerzverzerrtem Gesicht am Boden lag und die Rendsburger protestieren hörte, dass es nur Gelb gegeben hatte, weil dieser Hamburger zufällig Nationalspieler war, wusste Max, was Herr Ramm mit dem Neidfaktor gemeint hatte. Er humpelte zur Außenlinie, ließ sich seinen Knöchel mit Eisspray behandeln und ein trockenes Trikot geben. Als der Schiedsrichter ihn wieder hereinwinkte, ignorierte er alle Provokationen seiner Gegner, spielte ganz stark auf und hatte den größten Anteil an dem 3 : 0-Auswärtssieg.

Nach dem Spiel schüttelte er seinem Gegenspieler freundlich die Hand und bedankte sich für das faire Spiel.

„Er ist cool", stellte Herr Ramm am Spielfeldrand fest. „Obercool!", bestätigte Herr Esteban beeindruckt.

Max verschaffte sich mit seiner engagierten, fairen Art Fußball zu spielen und mit seinem selbstbewussten, aber nicht eingebildeten Auftreten Respekt bei den gegnerischen Mannschaften und deren Trainern. Es kam des Öfteren vor, dass diese nach den Spielen Herrn Esteban oder Herrn Ramm ansprachen und ihnen zu ihrem Mannschaftsführer gratulierten. Der Name Max Hansen ließ die Augen der Fußballexperten aufleuchten. Bei jedem zweiten Spiel stand ein Scout am Spielfeldrand und beobachtete ihn. Doch Max ließ der Rummel um seine Person kalt. Er konzentrierte sich auf das Fußballspielen und entwickelte somit die mentale Stärke, die ein Profifußballer mitbringen muss. Und genau das wollte Max schließlich werden: Fußballprofi.

Nach vier Siegen in Folge hatte die ältere B-Jugend Anschluss gefunden an die vorderen Tabellenplätze. Die Abwehr mit Alban dahinter stand gut, Max hatte sich mit seinen Mittelfeldpartnern immer besser eingespielt, und das Sturmduo Matze/Tolga war äußerst durchschlagskräftig.

Nach einem Heimspiel begrüßten die Jungs Taifun, der das Spiel auf Krücken verfolgt hatte. Der Schien- und Wadenbeinbruch heilte nur langsam. Max wurde bewusst, wie schnell im Fußball eine Karriere unterbrochen oder gar beendet werden konnte.

„He, Jungs", rief Taifun, „passt schön auf eure Knochen auf! Vor allem du, Max. Hab von deinem tollen Einstand in der Nationalmannschaft gehört. Respekt, Mann!"

„Danke, Taifun. Ich hoffe, dass du bald wieder dabei sein kannst."

„Ne, das wird diese Saison nichts mehr. Shit, Mann! Springt dieser Idiot mir in der letzten Spielminute von hinten in die Beine. Hab voll die lange Schraube im Knochen. Mist!"

Max sah betreten zu Boden. Er wusste nicht, wie er Taifun aufheitern konnte.

„Egal", meinte dieser, „irgendwann stehe ich wieder auf der Matte. Mach weiter so bis dahin, Max. Du bist ein toller Typ, aus dir kann echt was werden."

Max nickte und schüttelte seinem Mannschaftskameraden zum Abschied die Hand. Nachdenklich sah er Taifun vom Sportplatz humpeln.

Vorfreude (14)

Nachdem sie aus den nächsten zwei Spielen nur einen enttäuschenden Punkt geholt hatte, zeichnete sich für die ältere B-Jugend ab, dass sie nicht um den Titel mitspielen würde. Dennoch wuchs die Vorfreude ab April von Tag zu Tag – die Vorfreude auf die Fußballweltmeisterschaft in Deutschland.

Es war an einem trainingsfreien Nachmittag, als die Internatsschüler Max, Moritz und Alban die Chance nutzten, einen Ausflug zur AOL-Arena zu unternehmen. Sie sahen beim Training der Profis auf einem Platz neben dem HSV-Stadion zu. Thorsten Toll scheuchte seine Jungs über das Feld, verfolgte aufmerksam die Umsetzungen seiner Anweisungen und griff bei Bedarf korrigierend ein. Zwischendurch winkte er den Jungs kurz zu.

Mindestens genauso interessant war es jedoch, die Vorkommnisse auf dem Parkplatz der AOL-Arena zu verfolgen. Riesige Kräne waren damit beschäftigt, das tonnenschwere A des AOL-Schriftzugs abzumontieren. Diese Maßnahme war notwendig, weil von der FIFA in keinem der für die WM ausgewählten Fußballstadien Werbung von Nichtsponsoren geduldet wurde. Deswegen waren überall Umbauten erforderlich. Die AOL-Buchstaben beispielsweise waren zu groß, um sie einfach hinter einer Abdeckung verschwinden zu lassen. So verfolgten die drei Jungs gespannt den Abbau des ersten Buchstabens. Es war eine Präzisionsarbeit, bei der zahlreiche Experten im Einsatz waren. Die Buchstaben sollten nach der Demontage auf dem Parkplatz unter einer Plane gelagert werden. Später würde die Arena für die Dauer der Weltmeisterschaft vom 9. Juni bis zum 9. Juli in „FIFA-WM-Stadion Hamburg" umbenannt werden.

Max, Alban und Moritz tranken in dem HSV-Restaurant „Die Raute" noch einen Spezi und kehrten dann per Bus und Bahn ins Internat zurück.

„Sieben Wochen nur noch", stellte Alban fest, „dann geht es hier fürchterlich los."

„Endlich!", meinte Moritz. „Ich kann es kaum abwarten."

„Die Zeit bis dahin wird schnell vergehen", glaubte Max. „Bei dem vollen Programm, das wir bis dahin haben. Und ihr könnt vorher sogar noch Meister werden", wandte er sich an seinen ehemaligen Mitspieler.

„Stimmt", pflichtete Moritz ihm bei. „Schade nur, dass wir im Pokalhalbfinale rausgeflogen sind."

„Immerhin wart ihr im Halbfinale", warf Alban ein. „Wir sind in der ersten Runde ausgeschieden. Und in der Meisterschaft geht es nur um die goldene Ananas."

„Na ja", rechnete Max, „wenn wir kein Spiel mehr verlieren, können wir noch Dritter werden. Das ist doch nicht schlecht in dieser schweren Staffel."

„Hast recht", lenkte Alban ein. „Gut, dass wir euch drei Musketiere dazugeholt haben, sonst wäre es wohl schlimmer ausgegangen."

„Ja", grummelte Moritz, „und darum stehen wir jetzt nicht im Pokalfinale!"

Nach einem weiteren Unentschieden und einem 7 : 0-Sieg, zu dem Max drei Tore beigesteuert hatte, verbrachte er ein Wochenende bei Familie Schela in seiner alten Heimat Iserbrook.

Auch dort konnten sie das Fußballspielen natürlich nicht lassen. Sie trommelten ein paar Jungs aus der Nachbarschaft zusammen und bolzten auf dem Pieper, dem Fußballplatz um die Ecke.

Abends sahen Max und Valentin mit dessen jüngerem Bruder Frederick die Sportschau im Fernsehen. Der HSV war in der Bundesliga groß in Form und jagte zusammen mit Weser Bremen die Sportsfreunde Münchner Bayern. Gemeinsam bejubelten sie einen HSV-Sieg, der die Mannschaft im Rennen um die Meisterschaft hielt.

„Sauber!", kommentierte Valentin. „So kann es weitergehen. Das wäre doch genial, wenn sowohl wir mit der B-Jugend als auch die Profis endlich mal wieder Meister werden würden."

„Schön wär's", bestätigte sein Vater. „1983 war ich neunzehn Jahre alt und habe die letzte Meisterschaftsfeier vor dem Hamburger Rathaus miterlebt. Da war was los, das kann ich euch sagen. Hrubesch, Kaltz, Jakobs, Magath, Stein – das war eine Supermannschaft, gespickt mit deutschen Nationalspielern."

„Ich will auch mit zur Rathausfeier", meldete sich Frederick vorsorglich schon einmal an.

Max, Valentin und sein Vater lachten.

„Wenn es so weit ist, gehen wir alle zusammen", versicherte Herr Schela. „Versprochen!"

Im Bett hatten Max und Valentin später ebenfalls nur das Gesprächsthema Fußball. Sie stellten die Startelf für das Auftaktspiel Deutschlands gegen Costa Rica auf und diskutierten über den Kader. Beide waren sich einig, dass die richtigen Spieler dabei waren, um die Vorrunde unbeschadet überstehen zu können. Danach war im K.-o.-System alles möglich, denn Deutschland war bekanntermaßen eine Turniermannschaft. Die Aussicht auf einen deutschen WM-Sieg, auf die Meistertitel für die Profis und die B-Jugend sowie auf Max' Heimländerspiel-Premiere ließ die Jungs gut schlafen. Wovon sie träumten, muss an dieser Stelle wohl nicht extra erwähnt werden.

Ende April reiste Max nach Berlin. Er nutzte erneut die Möglichkeit, mit Herrn Brand anreisen zu können, der in der Nähe der Hauptstadt wohnte.
Am Abend zuvor hatte sich Anna beschwert, dass Max so wenig Zeit mit ihr verbrachte. Sie hatte sich erst wieder beruhigt, als Max eine Eintrittskarte für das Länderspiel gegen Nordirland hervorgezaubert hatte.
„Meine Eltern holen dich ab", hatte er ihr eröffnet, und alles war wieder gut gewesen.
Mit Herrn Brands Sportwagen flitzten sie über die Autobahn nach Berlin.
„Aufgeregt?", fragte der NWLZ-Chef, als sie auf den Parkplatz des Hotels in der Innenstadt fuhren, wo der DFB logierte.
„Noch nicht", antwortete Max wahrheitsgemäß. „Das kommt aber bestimmt wieder vor dem Einlaufen."

„Immer schön tief durchatmen", empfahl Herr Brand. „Du machst das schon. Kommt deine ganze Familie ins Stadion?"

Max strahlte. „Ja, meine Geschwister, Eltern und Großeltern. Außerdem Tobi und Anna und die ganze Familie Schela."

„So muss das sein", empfand Herr Brand. „Übrigens wird Herr Hoechst auch da sein. Er und alle anderen Bundesligamanager. Die tagen vormittags und sehen sich am Nachmittag euer Spiel an. Vom DFB sind zahlreiche Trainer und Funktionäre dabei. Du kannst also richtig Eindruck machen, Max."

„Sie sind auch dabei, oder?", fragte Max.

Herr Brand grinste. „Du glaubst doch wohl nicht, dass ich mir das entgehen lasse. Ich freue mich schon auf das Spiel."

Er begleitete seinen Musterschüler ins Hotel und unterhielt sich in der Empfangshalle mit Herrn Schumann, während Max seine Sachen aufs Zimmer brachte.

„TOOOR! Tor für Deutschland in der siebten Spielminute. Der Torschütze war unsere Nummer 10, Max Hansen vom Hamburger Sport-Verein!"

Die Ansage des Stadionsprechers hallte durch das weite Rund des Berliner Olympiastadions. Begeisterter Beifall von über 3.000 Zuschauern, die an diesem 1. Mai den Weg in das Hauptstadtstadion gefunden hatten, ertönte von den Rängen.

Max hatte dort weitergemacht, wo er in Moskau aufgehört hatte: mit einem Freistoßtor. Dieses Mal hatte er den Ball über die Mauer in den Torwinkel geschlenzt, unhaltbar für den nordirischen Torwart. Max lief nach dem Abklatschen mit seinen Mitspielern auf die Kurve zu, wo er beim Aufwärmen vor dem Spiel seine Familie entdeckt hatte. Er erkannte Anna mit ihren langen hellblonden Haaren schon von Weitem auf der Tribüne. Seine Freundin und seine Familie winkten ihm zu. Daniel schwenkte begeistert eine Deutschlandfahne, Tobi hupte mit seinem Signalhorn.

Der Schiedsrichter pfiff den Mittelanstoß an, und Max konzentrierte sich wieder auf das Spiel. Bisher war es gut gelaufen. Seine Mannschaft hatte von Beginn an Druck gemacht und sich das 1 : 0 verdient. Die Nordiren, die in grünen Trikots, weißen Hosen und grünen Stutzen spielten, antworteten mit wütenden Gegenangriffen. Die deutsche U 16 spielte mit zwei Viererketten und einem Sturmduo, das aus Jan und dem bayerischen Sportsfreund Roland bestand. Roland war genauso groß und kräftig wie der Bremer, doch die nordirischen Innenverteidiger standen ihnen in Größe und Breite in nichts nach. Bei einem Eckball für Deutschland schoben sich die zwei Pärchen wie Kleiderschränke gegenseitig durch den Strafraum. Da wurde keinem auch nur ein Zentimeter Boden geschenkt. Das deutsche Tor hütete Johann aus Köln, der mit zunehmender Spieldauer auch zunehmend beschäftigt wurde. Die schnellen und flinken nordirischen Stürmer setzten ihrer Abwehr ordentlich zu, doch Viktor als Abräumer machte wieder ein starkes Spiel. Vor der Halbzeit noch konnten sich die Deutschen von dem Druck befreien und das Spiel wieder an sich reißen. Als der Schiri nach vierzig Minuten abpfiff, war die Führung verdient.

„Max hat toll gespielt", freute sich Anna in der Pause.

„Ja", schloss sich Tobi ihrem Urteil begeistert an, „und der Freistoß war erste Sahne. So etwas lernt man nur beim TSV Pojenbergen."

Valentin und Frau Hansen lachten.

Daniel und Frederick erkundeten die Umgebung. Herr Hansen und Herr Schela hatten sich aufgemacht, Würstchen und Getränke zu holen. Oma und Opa Hansen schauten sich fasziniert in dem gewaltigen Stadion um, in dem in gut zwei Monaten das Endspiel der Fußball-Weltmeisterschaft stattfinden würde. Noch waren Arbeiter vor und in dem Stadion damit beschäftigt, alles so herzurichten, wie es die FIFA vorgesehen hatte, doch es sah bereits sehr schmuck aus. Voller Stolz schauten dann alle gemeinsam zu, wie ihr Max seine Mannschaft zur zweiten Halbzeit auf das Feld führte.

Es war ein hartes, sehr kampfbetontes Spiel. Max musste sich in den dynamischen Zweikämpfen mit Händen und Füßen gegen seine einsatzfreudigen Gegenspieler wehren, die gerne auch mal ihre Ellbogen einsetzten. Der Schiedsrichter zückte fünfmal die Gelbe Karte, dreimal gegen die Gäste, zweimal gegen Deutschland. Max spielte einen tollen Steilpass auf Jan, der auf den rechten Flügel ausgewichen war. Der Bremer lief bis zur Grundlinie und schoss den Ball trotz Bedrängnis hart in die Mitte vor das Tor. Roland war eine Sekunde vor seinem Gegenspieler am Ball und lenkte ihn ins Netz. 2 : 0 für Deutschland. Die Nordiren kämpften verbissen gegen die drohende Niederlage, doch als einer ihrer Mittelfeldspieler wegen wiederholten Foulspiels die Gelb-Rote Karte sah, war ihr Widerstand gebrochen. Kurz vor dem Abpfiff konnte Max nach gelungener Doppelpasskombination sogar noch auf 3 : 0 erhöhen. Der folgende Jubel der

Zuschauer klang wie Musik in seinen Ohren. Er stellte sich vor, wie laut es erst sein würde, wenn an gleicher Stelle drei Wochen später vor ausverkauftem Haus das DFB-Pokalfinale stattfinden würde. Das musste doch für jeden Fußballprofi ein Traum sein, wenigstens einmal dabei sein zu dürfen. Der Abpfiff des Schiris schreckte ihn aus seinen Gedanken. Er bedankte sich bei den Unparteiischen und seinen Gegenspielern und klatschte sich mit seinen freudestrahlenden Mannschaftskameraden ab.

„Einwandfrei, Max!", lobte ihn Herr Schumann in der Kabine. „Drei Spiele, drei Tore – keine schlechte Quote." Und an die Mannschaft gewandt: „Ganz starkes Spiel, Jungs! Die Nordiren waren ein harter Brocken, aber ihr habt ihnen mit eurem Einsatz, eurem Kampfgeist und eurer Laufbereitschaft den Zahn gezogen. Wie ihr ja wisst, saß heute viel Fußballprominenz auf der Tribüne. Lasst euch nachher von den Schulterklopfern nicht den Kopf verdrehen, sondern arbeitet weiter hart an euch. Ihr habt ein Freundschaftsspiel gewonnen, mehr nicht. Der DFB spendiert euch und euren Familien zur Feier des Tages Kaffee und Kuchen im Hotelrestaurant. Genießt euren Sieg und den Aufenthalt in unserer schönen Hauptstadt, falls ihr noch Zeit dazu habt. Wir sehen uns in vier Wochen in Paris wieder. Und jetzt ab unter die Dusche, zack, zack!"

Die Jungs beklatschten die Rede ihres Trainers und machten sich überaus gut gelaunt auf den Weg in die Duschkabinen.

Max stand mit geschlossenen Augen unter dem warmen Strahl, ließ das Wasser über seinen Körper laufen, genoss die Freude über den Sieg und seine beiden Tore und freute sich auf den Nachmittag mit all seinen Lieben.

Auftakt nach Maß (15)

Das Wetter im Mai war schlecht. Es war für die Jahreszeit zu kalt und regnete oft. Nach fast jedem Training mit der älteren B-Jugend sahen die Jungs aus, als wären sie durch Schlammpfützen gerobbt.

„Oh Mann", stöhnte Valentin nach einem 2 : 1-Heimsieg, zu dem Tolga und er selbst die Tore beigetragen hatten, „da werden sich unsere Gäste aber bedanken für das Wetter."

„Gäste?", fragte Max neugierig. „Welche Gäste?"

„Na, du kennst doch das Motto der WM: Die Welt zu Gast bei Freunden!", klärte ihn sein Freund auf. „Allerdings befürchte ich, dass es eher heißen muss: Die Welt zu Gast im Regen!"

„Ach was", wehrte Max ab. „Das regnet sich jetzt gründlich aus und dann haben wir ab dem 9. Juni Superwetter, pass mal auf."

„Wollen wir es hoffen", sagte ihr rechter Außenverteidiger. „Noch genau zwanzig Tage kann es demzufolge nach deiner Rechnung pieseln."

„Genau, du Mathegenie", bestätigte Max. „Aber natürlich nur in Deutschland. In Paris soll schönstes Frühlingswetter sein."

„Saftsack!", knurrte Valentin seinen Kapitän wenig respektvoll an.

Im letzten Spiel der Saison mussten sie auswärts ran. In Kiel würden sie drei Punkte einfahren müssen, um den dritten Tabellenplatz in der Regionalliga Nord zu verteidigen. Zur Pause stand es nach einem schnellen Gegentor und einem prächtigen Weitschuss von Lennart 1 : 1. Nach der Halbzeit köpfte Stephan einen scharf getretenen

Eckball von Max zur Führung ein. Ihre Defensive stand sehr gut und ließ kaum Chancen der Kieler zu. Was aufs Tor kam, hielt Alban sicher. Der 2 : 1-Auswärtssieg war am Ende verdient. Herr Esteban und Herr Ramm bedankten sich bei ihrer Mannschaft für die erfolgreiche Saison. Der HSV-Bus setzte sie zwei Stunden später am Internat ab. Valentin und Tolga gingen mit zu Max aufs Zimmer. Herr Schela würde die beiden nach der Sportschau abholen.

„Seid ihr am nächsten Wochenende mit dabei, wenn unsere alte Mannschaft gegen Santa Paula spielt?", fragte Max.

„Ja, logisch!", antworteten seine beiden Mannschaftskameraden im Chor.

Die jüngere B-Jugend musste mindestens einen Punkt holen, um Meister in der B-Sonderklasse zu werden. Sie hatten zwei Punkte Vorsprung auf Santa Paula und drei auf Weser Bremen.

„Das müssen die Jungs packen", forderte Valentin.

„Werden sie auch", schloss sich Max an. „Gegen Santa Paula auf eigenem Platz den Meistertitel zu verspielen wäre echt übel. Höchststrafe sozusagen."

„Die Braunen wollen sich bestimmt für die Hinspielniederlage revanchieren", vermutete Tolga. „Das wird ein ganz enges Spiel." Sie diskutierten eine Weile die Chancen der jüngeren B-Jugend und gingen dann in den Aufenthaltsraum, um die Sportschau zu gucken.

Mitte der Woche bat Herr Brand Max wieder einmal in sein Büro. Herr Hoechst erwartete ihn dort schon.

„Hallo, Max", begrüßte ihn der HSV-Sportchef.

„Guten Tag, Herr Hoechst", erwiderte Max.

„Warum wir heute hier zusammensitzen, Max, hat natürlich einen guten Grund. Kannst du dir diesen Grund vorstellen?"

Max schüttelte stirnrunzelnd den Kopf.

„Du hast in Berlin gegen Nordirland groß aufgespielt", erklärte Herr Hoechst. „Und das vor den Augen zahlreicher einflussreicher Fußballexperten. So viel wie auf unserer Tribüne über dich gesprochen wurde, müssen dir eigentlich auf dem Platz die Ohren geklungen haben. Um es kurz zu machen: Die Verantwortlichen von Weser Bremen und der Sportsfreunde Münchner Bayern haben mir mitgeteilt, dass sie dich gerne verpflichten würden. Beide möchten dir ein konkretes Angebot vorlegen. Was hältst du davon?"

Max musste nicht lange überlegen. „Ich möchte nicht wechseln", antwortete er. „Weder nach Bremen noch nach Bayern. Punkt."

Herr Hoechst und Herr Brand warfen sich einen zufriedenen Blick zu.

Der Sportchef sagte: „Die Angebote, die beide Klubs dir machen würden, wären bestimmt finanziell sehr attraktiv. Das muss ich dir der Fairness halber mitteilen. Möchtest du dir die Angebote nicht wenigstens anhören? Dann würde ich den Verantwortlichen die Adresse deiner Eltern mitteilen."

Max schaute Herrn Hoechst ernst ins Gesicht. Er wusste selbst nicht, woher er den Mut nahm, als er antwortete: „Wenn Sie auf mich bauen und mir versichern, dass ich beim HSV eine faire Chance erhalte, Fußballprofi zu werden, können Sie gerne allen anderen Interessierten mitteilen, dass ich hier bleiben werde."

Wieder wechselten Herr Brand und Herr Hoechst einen raschen Blick. Der Sportchef stand auf und baute sich in voller Größe vor Max auf.

Der Kapitän der älteren B-Jugend war sicher, dass er nun einen Vortrag über Dankbarkeit und Demut hören würde. Mist! Er war bestimmt zu forsch gewesen. Was hatte er sich bloß dabei gedacht, den Sportchef so anzusprechen?

Herr Hoechst streckte ihm die Hand entgegen. „Abgemacht, Max!", sagte er. „Ich gebe dir mein Wort darauf, dass wir auf dich bauen. Ich verspreche dir, dass du eine faire Chance bekommst und ab der A-Jugend regelmäßig bei den Profis mittrainieren darfst. Wir alle sind sehr stolz auf deine Fortschritte. Mach weiter so, Max. Du bist ein würdiger Repräsentant des Hamburger Sport-Vereins."

Sprachlos nahm Max seine Hand und schüttelte sie. Das war mehr, als er erhofft hatte. Regelmäßiges Training mit den Profis, cool! Er verabredete mit Herrn Brand und Herrn Hoechst, dass die Internatsschüler nichts von den Anfragen der anderen Klubs erfahren sollten, damit kein Neid aufkam. Dann schwebte Max aus dem Büro.

Am letzten Maiwochenende kamen Valentin, Tolga und Max vor dem letzten Punktspiel der jüngeren B-Jugend in die Umkleidekabine. Herzlich begrüßten sie ihre alten Mannschaftskameraden, Marcello und Herrn Rauer.

Ihr ehemaliger Trainer schwor sein Team in einer flammenden Rede auf das Spiel ein. Dann schickte er sie auf den Platz. Jetzt galt es. Olaf, Andi, Moritz, Werner, Sven und die anderen klatschten Max, Tolga und Valentin ab, bevor sie auf das Feld liefen.

Es wurde das erwartet leidenschaftlich geführte Spiel. Die besseren Chancen hatten in der ersten Halbzeit die

Paulaner, aber Olaf war nicht zu überwinden. In Halbzeit zwei ging es hin und her. Moritz lief und kämpfte vorbildlich. Er riss sein Team mit und jubelte lauthals, als Werner einen trockenen Vollspannstoß aus achtzehn Metern Entfernung humorlos ins Tor drosch. Santa Paula konterte wütend und kam zum Ausgleich durch einen Foulelfmeter. In den letzten Minuten des Spiels setzten die Braunen alles auf eine Karte und spielten voll auf Sieg. Die Hamburger hatten einige heikle Situationen zu überstehen, bevor ihnen nach einem Entlastungsangriff eine Ecke zugesprochen wurde. Moritz schlug sie hoch auf den zweiten Pfosten, wo der lange Andi hochstieg und den Ball zurück in den Strafraum köpfte. Am ersten Pfosten flog Sven im Tiefflug heran. Er erwischte die Kunstlederkugel kurz über der Grasnarbe voll mit der Stirn. Tor! 2 : 1-Führung für den HSV! Direkt nach Wiederanstoß pfiff der Schiedsrichter ab.

Riesenjubel brach bei den Hamburgern aus. Auch Max, Tolga und Valentin rannten aufs Spielfeld und umarmten jeden einzelnen Spieler. Herr Rauer und Marcello bestanden darauf, dass die drei ehemaligen Mitspieler bei der anschließenden Feier im Lindenhof dabei waren.

„Gratuliere, Moritz!", lobte Max seinen Nachfolger in einer ruhigen Minute, von denen es nach dem Spiel nicht mehr viele gab. „Du warst ein Superkapitän, vorbildlicher Einsatz, klasse gespielt."

„Danke, Max!", erwiderte Moritz sichtlich stolz. „Danke!"

In Frankreich war es tatsächlich wärmer als in Deutschland. Als die deutsche U-16-Nationalmannschaft zum ersten Training im Heimstadion von Paris St. Germain auf den Platz kam, war der Sommer greifbar nah. Bei schönstem Wetter absolvierten sie ihre Trainingseinheiten. In einem Blitzturnier spielten sie 0 : 0 gegen die Niederlande und gewannen zwei Spiele: 4 : 1 gegen Italien und 1 : 0 gegen Gastgeber Frankreich. Damit hatten sie ihr erstes internationales Turnier und ihren ersten Pokal für Deutschland gewonnen.

Max und die anderen Spieler waren für das Turnier zwei Tage vom Unterricht freigestellt worden. Mit dem Wochenende waren sie insgesamt vier Tage in Paris gewesen.

Zurück in Hamburg musste Max den Stoff nachlernen, den er verpasst hatte. Er war bei seinem Schulfreund Pete und ließ sich erklären, was er versäumt hatte. Es dauerte nicht lange, bis sie auf andere als auf schulische Dinge zu sprechen kamen. Schließlich waren es nur noch vier Tage bis zur WM – und eine Frage bewegte nicht nur Pete und Max, sondern die ganze Nation:

„Glaubst du wirklich, dass Ballack nicht spielen kann?", fragte Pete besorgt.

„Das wäre schlecht, wenn unser Kapitän wegen seiner Wadenprobleme nicht auflaufen könnte", glaubte Max. „Aber ich schätze, dass Borowski ihn gegen Costa Rica gut vertreten wird. Hauptsache, Ballack ist gegen Polen wieder dabei. Klasse aber, dass Lahm nach seinem Armbruch voraussichtlich wieder spielen kann." Pete nickte.

„Stimmt. Wo guckst du eigentlich das Spiel?"

„Wahrscheinlich wie 1,5 Milliarden andere Menschen auch vor dem Fernseher."

„Ach nee, und vor welchem genau?"

Max zuckte mit den Achseln. „Vielleicht gucke ich mit den Jungs im Internat. Einige gehen auch zum Heiligengeistfeld, da wird eine Großbildleinwand aufgebaut."

„Da hätte ich auch Lust zu. Meinst du, da ist was los?"
„Keine Ahnung. Wollen wir hin?"
„Ja, lass uns das mal ausprobieren. Wenn wir da eine Stunde vor Spielbeginn alleine stehen, können wir immer noch schnell vor den Fernseher zu Hause oder im Internat flitzen. Aber nur", fügte Pete hinzu, „wenn das Wetter besser wird."
Max nickte. Der Regen und der kalte Wind ging allen auf die Nerven.

Keine 100 Stunden später standen Max, Pete, Valentin, Sven, Tolga, Moritz, Alban und einige andere Jungs bei strahlendem Sonnenschein auf dem Heiligengeistfeld. Das war der riesige Platz, auf dem sonst der Hamburger Dom gastierte. Mit den Jungs standen dort etwa 50 000 weitere Menschen. Es war damit das größte Fan-Fest in ganz Norddeutschland, und ein neuer Begriff wurde in die deutsche Sprache eingeführt: Public Viewing.
Die Vorfreude auf das Eröffnungsspiel war unglaublich groß. Als der argentinische Schiedsrichter um 18.01 Uhr und 19 Sekunden anpfiff, schrien und klatschten die 50 000 Zuschauer vor Begeisterung.
Die deutsche Elf legte los wie die Feuerwehr. Es dauerte gerade einmal sechs Minuten, da umkurvte Lahm am linken Flügel seinen Bewacher, zog zielstrebig nach innen und schlenzte den Ball vom Strafraumeck in den rechten Torwinkel. Ein Traumtor! Das Tor des Monats! Ein unbeschreiblicher Lärm und pure Freude herrschte rund um Max und seine Freunde herum, die sich glücklich in den Armen lagen. Nur sechs Minuten später dämpfte der Gegentreffer von Wanchope die Freude, doch Klose war ja auch noch da. Deutschlands Torjäger traf in der siebzehnten Minute zum 2 : 1 und nach der

Pause zum 3 : 1. Zwei Tore an seinem 28. Geburtstag! Es war ein tolles Eröffnungsspiel mit viel Tempo und schönen Spielzügen. Spannend wurde es noch einmal, als auch Wanchope seinen zweiten Treffer erzielte. Costa Rica, das in roten Trikots, blauen Hosen und roten Stutzen spielte, blieb gefährlich, obwohl Deutschland wesentlich mehr Spielanteile hatte. Erst in der 87. Spielminute hatte das Zittern ein Ende, als Frings einen fulminanten Distanzschuss aus dreißig Metern Entfernung unter die Latte nagelte. Die letzten Minuten feierten die fröhlichen Besucher des Heiligengeistfeldes. Der Sommer hatte pünktlich zur Fußballweltmeisterschaft Einzug gehalten und trug seinen Anteil zu dem Auftakt nach Maß bei.

Max und seine Freunde ließen sich von der ausgelassenen Atmosphäre mitreißen, stimmten in die Freudengesänge ein und winkten hübschen Mädchen in bauchfreien T-Shirts zu.

„Ich liebe den Sommer", grinste Alban, als ihm zwei besonders knapp bekleidete Schönheiten vor der Nase herumtanzten.

Und das war erst der Anfang gewesen. Ihnen standen vier Wochen Fußballsommer bevor. Fußball und Sommer und die Aussicht, vielleicht Weltmeister zu werden. Was konnte es Schöneres geben?

Das Heiligengeistfeld bebt (16)

Am nächsten Morgen wachte Max auf und hatte Fieber. WM-Fieber! Abends würden er und die Spieler der jüngeren B-Jugend beim ersten Weltmeisterschaftsspiel in Hamburg als Balljungen live dabei sein. Herr Hoechst hatte sein Wort gehalten, das er ihnen in der Kabine nach der gewonnenen Herbstmeisterschaft gegeben hatte. Da Max, Tolga und Valentin zu dem Zeitpunkt noch Teil dieser Mannschaft gewesen waren, durften sie heute mit dabei sein. Beim Frühstück gab es natürlich nur ein Thema: der grandiose Auftritt der Deutschen National-mannschaft.

„Und Polen hat gegen Ecuador verloren, wer hätte das gedacht?", fragte Alban in die Runde. „Das bedeutet, wenn sie im nächsten Gruppenspiel gegen uns verlieren, sind sie weg vom Fenster."

„Ja, da müssen wir uns warm anziehen", vermutete Moritz. „Die werden kämpfen bis zum Umfallen!"

„So gut, wie wir gestern in der Offensive gespielt haben", meinte Max, „dazu noch der wieder genesene Ballack mit seiner ordnenden Hand, da müsste Polen eigentlich zu schlagen sein."

Die anderen Jungs nickten. Der Meinung waren sie auch.

Die jüngere B-Jugend musste sich bereits am Nachmittag im streng gesicherten FIFA-WM-Stadion Hamburg ein-finden, obwohl das Spiel Argentinien gegen die Elfen-beinküste erst um 21.00 Uhr angepfiffen werden würde. Die Jungs sahen sich im sonnenbestrahlten Rund um, bevor sie in ihre Aufgaben eingewiesen wurden. Der neue Rollrasen war frisch verlegt worden und leuchtete in einem verlockenden Grün. Die HSV-Spieler hätten nichts lieber getan, als erst einmal ein bisschen zu kicken, doch das war natürlich streng verboten. Auf den Monito-ren der Pressetribüne liefen die Nachmittagsspiele, Eng-land gegen Paraguay und Schweden gegen Trini-dad/Tobago. Insgesamt fiel in beiden Spielen nur ein einziges Tor, allerdings ein ziemlich kurioses: Das schnellste Eigentor in der WM-Geschichte sicherte den Engländern bereits in der dritten Minute den Sieg gegen Paraguay.

Ab 19.00 Uhr war Einlass in Hamburg. Das Stadion füllte sich langsam mit farbenfroh gekleideten und bemalten Fans. Die Anhänger der Argentinier kamen in Hellblau-Weiß gestreift, die der Ivorer trugen überwiegend orangefarbene Kleidung. Im Stadion selbst liefen jede Menge freiwillige WM-Helfer herum, die sogenannten Volunteers. Ohne deren tatkräftige Mithilfe hätte wohl kein WM-Spiel in Hamburg durchgeführt werden können. Insgesamt waren 920 Volunteers im Einsatz, die man in diesen Tagen an den hellblauen T-Shirts und den dunkelblauen Trainingshosen erkannte. Max unterhielt sich mit einigen von ihnen. Sie beherrschten alle mehrere Sprachen und waren sehr höflich und hilfsbereit.

Der Lärmpegel in der Arena stieg langsam, aber stetig an. Gegen 20.00 Uhr lieferten sich Argentinier und Ivorer bereits lautstarke Gesangsduelle. Die Stimmung war friedlich und ausgelassen, der Abend lau und die Erwartungshaltung groß. Als die Mannschaften sich zum Aufwärmen auf das Spielfeld begaben, taten sie es unter dem donnernden Applaus der Zuschauer.

Max und seine ehemaligen Mitspieler hatten sich im Rund verteilt. Fasziniert verfolgten sie die Lockerungsübungen der Weltstars wie Sorin, Riquelme, Saviola und Crespo auf argentinischer oder Demel, Kalou und Drogba auf ivorischer Seite. Max winkte hinüber zu Valentin, der wie sein Mannschaftskapitän auf Höhe der Mittellinie, aber auf der gegenüberliegenden Seite des Spielfelds postiert worden war.

Um 21.00 Uhr ging es dann endlich los. Weder die Balljungen noch die Zuschauer im Stadion konnten zu diesem Zeitpunkt wissen, dass sie das Spiel live und aus nächster Nähe sehen durften, das später als das beste der Vorrunde bezeichnet werden sollte.

Von Anfang an war Feuer und Leidenschaft im Spiel. Es ging hin und her in einem atemberaubenden Tempo. Max war begeistert von der glänzenden Technik nahezu aller Spieler und der fast hundertprozentigen Passgenauigkeit selbst in bedrängten Situationen. Crespo traf für die Gauchos zum 1 : 0. Einen der zentimetergenauen Pässe Riquelmes in die Spitze erlief Saviola und schob ihn am herausstürmenden Torwart der Elfenbeinküste zum 2 : 0 ein. Die Afrikaner hatten gute Möglichkeiten zum Anschlusstreffer, doch dann kam der Halbzeitpfiff.

Max und die anderen Balljungen stürmten in einen Raum neben dem Spielertunnel, wo es Spaghetti mit Tomatensoße und Getränke für sie gab.

„Wahnsinn!", rief Tolga. „Das ist Spitzenfußball vom Feinsten!" Seine ehemaligen Mitspieler nickten mit Ehrfurcht in den Augen.

Schon ging es weiter. Die Ivorer kämpften weiter um den Anschluss, die Argentinier hielten dagegen. Die 50 000 Zuschauer bejubelten und beklatschten das Fußballspektakel unter Flutlicht und schmetterten ihre Anfeuerungsrufe.

Max hatte schräg hinter sich auf der Tribüne Argentiniens ehemaliges Fußballidol Maradona entdeckt. Der kleine, lockenköpfige Argentinier feierte mit seiner Familie die Leistung seiner Nationalmannschaft, rauchte trotz des Rauchverbotes dicke Zigarren und hüpfte, ein Trikot über dem Kopf schwenkend, vor seinem Platz auf und ab. 8 000 argentinische Anhänger auf der gegenüberliegenden Seite des Stadions machten ihrem Liebling diese Geste begeistert nach. Weder das Gegentor von

Drogba in der 82. Minute noch die Tatsache, dass dieses hochklassige Spiel keinen Verlierer verdient hatte, konnte die Feierlaune der Argentinier nach dem Spielschluss trüben.

Die Balljungen hatten ihre Aufgaben fehlerlos erledigt, was wirklich keinem von ihnen besonders schwergefallen war. Einige Male hatte Max Spielern einen Ball zuwerfen dürfen, wenn es einen Einwurf gegeben hatte. Das war es auch schon gewesen. Sie gingen hinter den Spielern durch den Spielertunnel in den Innenraum und bestaunten die großen Stars respektvoll aus nächster Nähe. Die Fans feierten ihre Spieler noch lange nach dem Schlusspfiff mit lauten Gesängen.

Max las am Sonntagmorgen in der Zeitung, dass Tausende von Argentiniern und Afrikanern nach dem Spiel noch bis in die frühen Morgenstunden gemeinsam gefeiert hatten.

Zum Glück war Max an einer Schule, die als Sportschule ausgezeichnet worden war. Die Lehrerinnen und Lehrer an der Heidbergschule wussten natürlich um die Fußballbegeisterung der meisten ihrer Schüler und reagierten entsprechend. In den Schulstunden wurde der Stoff zügig durchgearbeitet, dafür gab es weniger Hausaufgaben auf. Schließlich fanden in der Vorrunde täglich mehrere Spiele statt. Im Internat sahen sie die Partien oft gemeinsam mit ihren Trainern. Sie besprachen dann die taktischen Aufstellungen, die Spielverläufe oder die Besonderheiten der Partien. Und da gab es wirklich so einiges zu besprechen, denn schließlich spielten hier die 32 besten Mannschaften der Welt.

Die Einzige, die überhaupt nicht glücklich war über dieses Überangebot an Fußball, war Anna. Seine Freundin

118

sah gerne zu, wenn Max spielte. Auch das Spiel Deutschland gegen Costa Rica hatte sie zu Hause mit ihrem Vater gesehen. Aber das reichte ihr eigentlich. Sie konnte es überhaupt nicht verstehen, was zum Beispiel an den Spielen Ecuador gegen Costa Rica oder Tunesien gegen Saudi-Arabien interessant oder gar spannend sein sollte.

„Anna", versuchte Max ihr klarzumachen, „wir können aus den Spielen so viel lernen. Fußballprofi zu werden bedeutet nicht nur, das Spiel zu beherrschen." Er erinnerte sich an die Rede von HSV-Scout Herrn Jacobsen im Haus seiner Eltern, als dieser dort echte Überzeugungsarbeit geleistet hatte. „Es bedeutet, das Spiel zu lieben. Das tue ich, Anna, darum nutze ich die WM als Anschauungsunterricht. In der Vorrunde sind nun mal die meisten Spiele, ab dem Achtelfinale werden es weniger. Lass mich die Spiele genießen, ohne mir ein schlechtes Gewissen zu machen, okay?" Anna schmollte ein wenig.

„Komm doch morgen mit auf das Heiligengeistfeld und schaue mit uns Deutschland gegen Polen an", schlug Max vor. „Das ist etwas ganz anderes, als ein Spiel im Fernsehen zu verfolgen."

„Na gut", murmelte Anna. „Aber nur, wenn du mich vorher zum Eisessen einlädst."

Max lachte. „Abgemacht!"

Nach dem versprochenen Eisgenuss trafen sie sich mit mehreren Jungs auf dem großen Platz am Millerntor. Einige von ihnen hatten wie Max ihre Freundinnen mitgebracht. Anna musterte die neue Flamme von Matze von oben bis unten.

„Da sieht Mona doch wohl besser aus, oder?", flüsterte sie Max zu.

Max sah unauffällig hinüber zu Monas Nachfolgerin. Sie war ein ganz schöner Feger: blond, lange Beine, kurzer Minirock.

„Also, ich weiß nicht", antwortete Max wahrheitsgemäß, als ihn Annas Ellbogen in die Rippen traf. „Autsch! Was soll das denn?"

„Jetzt sag bloß nicht, dass du die Eule leiden magst", zischte Anna erbost.

„Ach was", winkte Max ab, „die ist doch potthässlich." Und er fragte sich insgeheim, ob es eine gute Idee gewesen war, Anna mitzunehmen.

Sie hatten einen Platz gefunden, von dem aus sie eine gute Aussicht auf die Großbildleinwand hatten. Tausende von schwarz-rot-goldenen Fahnen und in eben diesen Farben geschminkte Gesichter prägten das Bild. Es herrschte die pure Feierstimmung. In den beiden Nachmittagsspielen waren heute acht Tore gefallen. Alle Zuschauer auf dem Heiligengeistfeld hofften, dass sie möglichst schnell auch ein weiteres Tor der Deutschen Nationalmannschaft zu sehen bekommen würden. Ihre Geduld wurde jedoch auf eine harte Probe gestellt.

Das Spiel war kampfbetont und spannend, aber spielerisch konnten weder die Deutschen noch die Polen überzeugen. Weil Klose und Podolski ihre Großchancen nicht hatten verwerten können, stand es zur Halbzeit 0 : 0. Die Stimmung war trotzdem super. 50 000 Zuschauer sangen lauthals: „Berlin, Berlin – wir fahren nach Berlin!" In der Hauptstadt würde das WM-Endspiel stattfinden. Das war Optimismus. Deutschland hatte doppelt so viele Eckbälle und Torschüsse wie Polen, aber ein Tor wollte einfach nicht fallen. Der Bundestrainer wechselte zwei frische Leute ein, die noch einmal Schwung in die Partie brachten: Odonkor und Neuville. Eine Viertelstunde vor

Schluss flog ein Pole mit Gelb-Rot vom Platz. Deutschland startete einen Sturmlauf, doch das polnische Tor war wie vernagelt. Der negative Höhepunkt war die 90. Minute, als Klose und Ballack nacheinander nur die Latte trafen. Als Max und seine Freunde immer noch fassungslos den Kopf schüttelten, ebenso wie 65 000 Zuschauer im Dortmunder Stadion und Millionen von Fernsehzuschauern, machte sich Odonkor auf der rechten Außenbahn zu einem Spurt auf. Seine scharfe Hereingabe lenkte Neuville in der Nachspielzeit zum 1 : 0-Siegtreffer ins Tor. Nun gab es kein Halten mehr: Das Heiligengeistfeld bebte! Die in neunzig Minuten aufgestaute Anspannung brach sich ihren Bann in einem kollektiven Jubelschrei: Jaaaaaaa!!!! In einem wahren Freudentaumel lagen sich wildfremde Menschen in den Armen und schrien ihr Glück hinaus. Ein Meer aus schwarz-rot-goldenen Fahnen wogte über das Heiligengeistfeld. Der Lärmpegel war unglaublich hoch. Tröten dröhnten, und im deutschen Zelt, in dem es Getränke und Würstchen gab, wurde die Musikanlage voll aufgedreht. Das angesagteste Fußballlied der WM hallte über den Platz, und alle sangen mit:

„54 – 74 – 90 – 2006,
ja da stimmen wir alle ein.
Mit dem Herz in der Hand
und der Leidenschaft im Bein,
werden wir Weltmeister sein!"

Die Clique blieb noch einen Augenblick zusammen, dann verabschiedeten sich die Ersten.
Anna stieß Max an: „Sieh mal!"

Neben ihr standen zwei äußerst gut aussehende junge Frauen. Max schaute sie interessiert an und wunderte sich, dass Anna ihn auf die beiden aufmerksam gemacht hatte.

„Die Wimpern sollst du dir angucken, nicht die Beine!", fauchte seine Freundin.

Max sah, dass sich beide Frauen schwarz-rot-goldene Wimpern aufgeklebt hatten.

„Was haben die gekostet?", fragte Anna.

„Sechs Euro", antwortete die eine.

Beide trugen auch noch Stirnbänder in Landesfarben und hatten sich die Deutschlandfahne auf die Wangen gemalt.

Während Anna sich mit den beiden unterhielt, zupfte Alban Max am Ärmel und lenkte seinen Blick auf vier junge Polinnen, die ihnen in kurzen roten T-Shirts, weißen Miniröcken und hohen weißen Stiefeln entgegenkamen.

„He, soll ich euch ein bisschen trösten?", rief ihr Keeper den Hübschen zu.

Kichernd winkten ihn die Mädchen zu sich.

„Auf Wiedersehen, Leute", grinste Alban, „ich komme später nach." Er verschwand im Gedränge.

„Wir sehen uns um zwölf am Internat!", rief Max seinem Torwart hinterher.

Die Internatsschüler, die beim Public Viewing waren, hatten für diesen Mittwoch ausnahmsweise verlängerten Ausgang bekommen.

Max nahm Anna in den Arm und strebte der U-Bahn-Station entgegen. Er wollte seine Freundin vorher noch nach Hause bringen.

Auf dem Rückweg zum Internat traf er nur auf feiernde Menschen. Die Luft war immer noch lau. Autokorsos zogen in langen Schlangen hupend durch die Innenstadt. Max stieg aus der U-Bahn und rannte zum Internat. Um eine Minute vor Mitternacht erreichte er die Eingangstür. Aus der entgegengesetzten Richtung kam Alban angesprintet. Frau Wolke öffnete ihnen die Tür.

„Das war aber auf den letzten Drücker, Jungs", sagte sie lächelnd. „Aber noch vor zwölf, ich gebe es zu."

Erleichtert atmeten beide tief durch. Auf der Treppe riet Alban Max, das nächste Mal seine Freundin besser zu Hause zu lassen.

Fete in der Fischauktionshalle (17)

Als Max am Donnerstag vom Training der Hamburgauswahl kam und auf sein Zimmer wollte, kam ihm Herr Brand im Foyer entgegen.

„Fährst du morgen nach Hause, Max?", fragte er.

„Ja, mein Großvater holt mich so gegen 17.00 Uhr ab", antwortete Max.

„Komm vorher in meinem Büro vorbei", bat Herr Brand, der es sichtlich eilig hatte. „Du hast ja noch ein Geburtstagsgeschenk gut." Sprach es und verschwand durch die große Flügeltür auf den Parkplatz.

Max ging auf sein Zimmer und überlegte, für welches Spiel er wohl Karten bekommen würde.

„Vielleicht fürs Finale?", spekulierte Tobi mit glänzenden Augen.

Max saß mit seinem besten Freund in seinem Zimmer auf dem Ponyhof Pojenbergen. Natürlich hatte auch er gehofft, dass es Endspielkarten waren, und den Umschlag neugierig aufgerissen, nachdem er ihn von Herrn Brand ausgehändigt bekommen hatte. Obwohl es keine Karten für das Finale gewesen waren, war er nicht enttäuscht gewesen. Im Gegenteil, er hatte sich riesig gefreut.

„Für das Deutschlandspiel gegen Ecuador?", riet Tobi.

Wieder schüttelte Max den Kopf.

„Nun sag schon, Maxi", drängelte sein Freund. Max legte ihm eine Karte vor die Nase. „Für das Spiel um den dritten Platz, immerhin das kleine Finale", strahlte er.

„Cool!", rief sein Freund. „Das Spiel wird in Stuttgart ausgetragen, stimmt's?"

Max nickte. Sein Freund war bestens informiert. Kein Wunder, Tobi war einer der unzähligen Fans gewesen, die alles dafür getan hatten, über das Internet an Tickets zu kommen, und dennoch kein Glück gehabt hatten.

„Oh Mann, du hast wirklich Schwein", seufzte sein Freund. „Glückspilz müsste man sein."

„Ich schätze, du bist auch einer", munterte ihn sein Freund auf. „Zufällig habe ich nämlich noch dies hier bekommen." Er zog eine zweite Karte hinter seinem Rücken hervor. „Da das Spiel genau einen Tag nach deinem Geburtstag stattfindet, finde ich, dass du dein Geburtstagsgeschenk jetzt schon erhalten solltest." Er gab Tobi die Karte.

Mit offenem Mund starrte sein Freund erst auf die Karte, dann auf Max. „Ist das dein Ernst?", fragte er misstrauisch. „Du nimmst wirklich mich mit?"

„Mit so etwas scherzt man nicht", versicherte ihm Max. „Freust du dich gar nicht?"

Tobi sprang auf die Beine, riss die Arme hoch und rief: „Danke! Danke! Danke! Max, du bist eindeutig der mit Abstand beste Freund aller Zeiten!"

An diesem herrlichen Sommerwochenende verfolgten die Freunde interessiert, wie schwer sich die Favoriten in ihren Vorrundenspielen taten. Frankreich spielte genauso unentschieden gegen Südkorea wie Italien gegen die USA. Die Tschechen verloren gegen Ghana, und die Brasilianer taten sich bei ihrem 2 : 0-Erfolg gegen Australien sehr schwer.

„Bisher hat Deutschland mir am besten gefallen", stellte Tobi fest. „Mal sehen, ob sie sich im Spiel gegen Ecuador den Gruppensieg holen."

Die Ausgangslage war klar: Da das Team aus Südamerika seine beiden Spiele gegen Polen und Costa Rica ebenfalls gewonnen, dabei jedoch ein besseres Torverhältnis als Deutschland erzielt hatte, würde Ecuador ein Unentschieden zum Gruppensieg genügen.

„Gehst du wieder auf das Heiligengeistfeld zum Gucken?", fragte er.

„Nein", antwortete Max. „Alle HSV-Mannschaftsführer ab der C-Jugend aufwärts sind von einem Sponsor in die Fischauktionshalle eingeladen worden. Dort steht auch eine Großbildleinwand."

Tobi seufzte. „Wieso bin ich nur in so einem kleinen Dorf geboren worden?"

„Frag doch Doktor Pummel, ob du bei ihm gucken darfst", feixte Max. „Der hat den größten Fernseher in ganz Pojenbergen." Er lachte, als Tobi auf ihn sprang.

Am späten Montagnachmittag fuhr Max mit Anna in die Innenstadt. Die Durchsagen in der S-Bahn wurden auf Deutsch und auf Englisch gemacht. In der U-Bahn sagten sogar Kinder die Stationen an, was bei den Fahrgästen besonders gut ankam. Die Leute in der Bahn hatten alle ein gemeinsames Thema: die WM. Während der Bahnfahrten vor der WM war fast jeder Fahrgast in seine Zeitung oder ein Buch vertieft gewesen, hatte aus dem Fenster geschaut oder mit dem Handy telefoniert. Das sah jetzt anders aus: Wildfremde Menschen aller Hautfarben kamen schnell miteinander ins Gespräch und diskutierten über die aktuellen Ergebnisse oder die Chancen der eigenen Nationalmannschaft. Das Motto der Fußballweltmeisterschaft, „Die Welt zu Gast bei Freunden", schien Programm zu sein.

Anna und Max stiegen am Jungfernstieg aus und gingen zum Rathausmarkt hinüber. Aus vielen Fenstern sahen sie Deutschlandfahnen hängen, jedes zweite Auto war ebenfalls damit bestückt. In jedem Schaufenster war die WM ein Thema, egal ob die Produkte etwas mit Fußball zu tun hatten oder nicht. Viele WM-Touristen waren unterwegs, was an den verschiedenen Trikots der Nationalmannschaften und den Käppis unschwer zu erkennen war. Das Wetter war super. Die Eiscafés hatten jede Menge Stühle an die Straßen gestellt, die alle besetzt waren. Lange Schlangen bildeten sich vor den Verkaufsständen von Kugel- und Softeis. An der Rathausfassade war ein Blue Goal an der Balustrade über dem Haupteingang angebracht worden. Die im Dunkeln blau leuchtenden Tore prägten in diesem Sommer das Stadtbild Hamburgs. Vor dem Rathaus war das „Welcome Center Hamburg" aufgebaut worden. In dem großen Pavillon gab es Informationsstände für WM-Touristen, Hotel-Infos und verschiedene andere Stände. Max und Anna sahen sich den HSV-Infostand an, wo auf Veranstaltungen des Vereins hingewiesen wurde. Auf einem riesigen Flachbildschirm liefen aufgezeichnete HSV-Bundesligaspiele. Sie gingen zum Jungfernstieg hinüber.

Max fiel auf, dass sehr viele Polizisten unterwegs waren. Anna wusste zu berichten, dass es eine Urlaubssperre für Polizeibeamte während der WM gab. Ihr Onkel war Polizist.

„Guck dir das mal an." Anna stupste ihren Freund an. Max sah, dass die Leute für Stadtrundfahrten mit dem Doppeldeckerbus und für Hafenrundfahrten in ebenso langen Schlangen standen wie vor den Eisdielen.

Der Jungfernstieg war neu gestaltet worden. In einer Art gläserner Würfel war ein zweistöckiges Restaurant, in dem aber auch alle Plätze belegt waren. Viele Stände boten internationale Speisen und Getränke an („Die Fressmeile", witzelte Max), vor dem Alsterpavillon standen Palmen. Ein kleiner Junge stand mit seinem Vater vor einem Souvenirstand und quakte. Er wollte unbedingt den Löwen ohne Hosen haben, Goleo, das Maskottchen der WM. Der Vater seufzte und zückte das Portemonnaie. Auf einer Plattform in der Alster war ebenfalls ein Blue Goal aufgestellt worden.

„Wollen wir uns nicht mal das Alsterleuchten ansehen?", fragte Anna.

„Ja, gerne", antwortete Max. „Vielleicht am Freitag oder Sonnabend."

Seine Freundin schmiegte sich an ihn. Dann fuhren sie mit der S-Bahn bis zur Station Landungsbrücken. Sie spazierten die Flaniermeile am Hafen entlang, wo erwartungsgemäß auch viel los war. Auf einem alten Schifferklavier spielte ein Seemann mit Prinz-Heinrich-Mütze Matrosenlieder, Souvenirstände waren über und über mit Deutschlandfahnen bestückt. Sie schlenderten am Wasser entlang und bestaunten die vielen bunt beflaggten Barkassen und die Louisiana Star, einen alten blau-weißen Mississippi-Raddampfer. Auf der anderen Seite der Elbe standen zahlreiche Werftkräne bei Blohm und Voss. Ein Riesenplakat verkündete von Dock 11: „Wir begrüßen Fans aus aller Welt".

Max und Anna aßen am Hafen einen Salatteller, sonnten sich und beobachteten das bunte Treiben. Eine Gruppe hellblonder Skandinavier in gelben Trikots kam vorbei und wollte Anna mit sich locken.

„Komm mit, du gehörst zu uns!", rief einer von ihnen. „Du bist so hübsch, du musst eine Schwedin sein."

Anna lachte. „Danke für das Angebot, aber ich bin vollauf zufrieden mit dem, was ich habe."

Der Schwede zuckte die Achseln. „Schade", meinte er. Und an Max gerichtet: „Du bist ein Glückspilz!"

Max grinste. „Ich weiß", sagte er. Das hatte er schließlich schon von Tobi erfahren.

Am Dienstag fuhr Max gleich nach der Schule in die Fischauktionshalle am Hamburger Hafen. Der Klub der Supporters, eine Unterstützungsgemeinschaft des Hamburger Sport-Vereins, hatte dort für die Zeit der Weltmeisterschaft die „WM-Summer-Lounge" eingerichtet. Unten in der Halle waren zahlreiche Bierzeltgarnituren vor einer Großbildleinwand aufgebaut worden. Am Rand standen die Getränkestände der Sponsoren, Stehtische, Palmen und eine Torwand. HSV-Fanartikel wurden zum Verkauf angeboten, und die Supporters organisierten während der vier Wochen verschiedene Aktionen für große und kleine Fans. Zum Beispiel kamen Autoren zu Lesungen oder der Dino Hermann empfing den HSV-Kids-Club. Max sah sich um. Riesige HSV-Fahnen hingen von den Emporen und Balustraden, aber auch die Wimpel aller teilnehmenden WM-Nationen. Laute Musik dröhnte aus den Boxen: „Hamburg, meine Perle" von

Lotto King Karl. Max sang leise mit. Den Text kannte er natürlich auswendig. Riesige Fußbälle baumelten von den Dachbalken. Max ging zum HSV-Infostand, als ihm jemand die Hand kräftig auf den Rücken schlug. Er drehte sich um. Hinter ihm standen Moritz und Mike, der Kapitän der Amateure.

„Was geht, Max?", fragte Mike. „Weißt du schon, wo wir hin müssen?"

„Wollte gerade fragen", erwiderte Max.

Sie erkundigten sich und bekamen ein Bändchen um das Handgelenk gelegt, mit dem sie freien Zugang zur Empore hatten.

„Gibt es da oben auch was zu futtern?", wollte Mike wissen. „Ich habe nämlich noch nichts gegessen und ordentlich Kohldampf."

„Geht hoch und lasst euch überraschen", bekam er zur Antwort.

Und es war eine schöne Überraschung: Es gab kaltes und warmes Büfett und alle gewünschten Getränke umsonst für die Mannschaftsführer der HSV-Teams. Sie suchten sich einen guten Platz und aßen ausgiebig zu Mittag. Dann stellten sie sich an die Balustrade und sahen von oben zu, wie die Halle sich zunehmend füllte. An den Tischen konnten sie das Spiel auch auf Fernsehern verfolgen, doch als es um 16.00 Uhr losging, saßen sie auf Hockern am Geländer und verfolgten das Geschehen auf der Großbildleinwand.

Die Stimmung war der Hammer. Beim Abspielen der deutschen Nationalhymne standen alle Fans in der Fischauktionshalle auf und sangen – zum Teil Arm in Arm – lauthals mit. Max fiel es hier wesentlich leichter mitzusingen, als vor einem eigenen Länderspiel. Als nach vier Minuten Klose das 1 : 0 erzielte und hinterher seinen berühmten Salto schlug, sprangen Hunderte von Fans vor Begeisterung in die Höhe.

Max, Moritz und Mike fielen sich in die Arme und schrien befreit auf. Ja! Es gab in der Folge zwar keinen Tempofußball zu sehen, aber einige sehr schöne Spielzüge. In der 44. Minute war es erneut Klose, der nach gelupftem Ballack-Zuspiel zum 2 : 0 einschieben konnte. Wieder schlug die Stimmung hoch. Auf der Empore war man sich einig, dass den Deutschen der Gruppensieg nicht mehr zu nehmen war.

In der Halbzeit aßen die HSV-Mannschaftsführer noch einen Nachschlag. Mike flirtete heftig mit der netten Bedienung, während Max und Moritz darüber diskutierten, wann Podolski wohl endlich sein erstes WM-Tor schießen würde. Zwölf Minuten später wussten sie es: Nach einer scharfen Hereingabe Schneiders von rechts rutschte der junge Stürmer in der 57. Minute in den Ball und zirkelte ihn zum 3 : 0 ins linke Eck. Die Stimmung erreichte ihren Höhepunkt. Auf dieses Tor hatte ganz Deutschland gewartet.

Danach ließ es der Gastgeber im Olympiastadion ruhiger angehen, denn in Berlin war es heiß und schwül. Von nun an hieß es Kräfte schonen für das Achtelfinale. Der guten Stimmung im Stadion und in der Fischauktionshalle tat das keinen Abbruch. Jede Aktion der Deutschen wurde von lautem Jubel begleitet.

Nach dem Abpfiff wurden die Bierzeltgarnituren zur Seite geräumt. Vor der Bühne tanzten fröhliche Fans zu Fußball- und Stimmungsliedern. Bier und andere Getränke flossen in Strömen. Eine Lesung, die ursprünglich im Anschluss auf der Bühne stattfinden sollte, wurde abgesagt. Der Autor war nicht zu Unrecht besorgt, dass, wenn jetzt die Musik ausgedreht werden würde, er von den bis dahin friedfertigen Fans ins Hafenbecken geworfen würde.

Schwedenhappen (18)

Nachdem England am Abend gegen Schweden 2 : 2 gespielt hatte, stand fest, dass Deutschland am 24. Juni im Achtelfinale auf die Skandinavier treffen würde. Nach und nach wurden die Partien der ersten K.-o.-Runde ermittelt. Max tat es besonders leid, dass die Elfenbeinküste und die USA in der Vorrunde ausgeschieden waren. Die Elfenbeinküste, weil das Team ihn im Spiel gegen Argentinien spielerisch voll überzeugt hatte. Die USA, weil die US-Boys in Hamburg stationiert gewesen waren. Sie hatten einige Trainingseinheiten und sogar ein Testspiel auf den Plätzen des Internatgeländes durchgeführt. Die lockere Art der amerikanischen Nationalspieler hatte ihm sehr gefallen. Die Nebenwirkungen waren allerdings nicht so schön gewesen. Aufgrund der strengen Sicherheitsvorkehrungen war es des Öfteren vorgekommen, dass den Jungs plötzlich auf dem Weg zum Training schwer bewaffnete Personenschützer gegenübergestanden hatten, die Maschinenpistolen über den Schultern hängend. Das war schon ein mulmiges Gefühl gewesen. Max gönnte es hingegen Ronaldo, dass er nach seinen zwei Toren gegen Japan in der ewigen WM-Torschützenliste mit Gerd Müller gleichgezogen hatte. Der brasilianische Superstar war aufgrund seines Gewichtes von der internationalen Presse ziemlich übel kritisiert worden. Seine Tore waren die beste Antwort auf diese Kritik gewesen.

Am Freitag war die Hälfte der Weltmeisterschaft vorbei. Max hatte sich die Erlaubnis von seinen Eltern und den Internatsverantwortlichen geholt, zwei Nächte bei Annas Familie zu verbringen. Zusammen mit Anna wollte sich Max wie versprochen heute Abend das Alsterleuchten ansehen. Sie fuhren zum Jungfernstieg, kauften sich passenderweise zwei Alsterwasser und setzten sich auf die Stufen am Wasser, um das kostenlose Spektakel verfolgen zu können. Einige Hundert Touristen hatten denselben Plan.

Um Punkt 22.30 Uhr ging es los. Es war immer noch warm. Urplötzlich schossen Hochdruckpumpen 35 Meter hohe Wasserfontänen aus der Binnenalster in die Luft. Milliarden von Tropfen wirbelten durch die sommerliche Abendluft. Was dann passierte, war erstaunlich und wunderschön: Laserlicht projizierte eine grüne Weltkugel auf die Wasserwand. Die Weltkugel verwandelte sich zuerst in einen Fußball, dann in eine Deutschlandkarte. Max, Anna und die anderen Zuschauer klatschten begeistert. Das Laserlicht brachte gestochen scharfe geometrische Formen auf die Wasserwand. Ein Computer koordinierte die Choreografie aus Musik, Licht und Wasser. Anna hatte gelesen, dass pro Minute 20 000 Liter Wasser, also der Inhalt von 200 gefüllten Badewannen, in die Luft geschossen wurde. Doch die technischen Details interessierten die beiden weniger. Es war einfach ein wunderbarer Anblick, wie Freilichtkino auf einer Leinwand aus Wasser. Die Luft war erfüllt von Farben, Musik und Wasser. Es wurden Bilder aus der Stadt Hamburg gezeigt und Ausschnitte aus Musicals. Michael Jackson sang auf der Wasserwand „Billy Jean", Freddy Mercury das großartige „We are the champions". Max und Anna sangen laut mit.

„Das war schön!", schwärmte Anna, als sie auf dem Heimweg waren. „Farbenprächtig wie ein Feuerwerk. Toll!"

„Ja, wirklich klasse", pflichtete Max ihr begeistert bei. „Spitzenmäßig! Genau wie du übrigens", fügte er etwas leiser hinzu. „Ich freue mich auf unser gemeinsames Wochenende."

Und auf das Spiel morgen, hätte er beinahe noch hinzugefügt, doch zum Glück hatte er sich das verkniffen. Sonst hätte er wohl vor Annas Tür übernachten müssen.

Sie frühstückten mit der ganzen Familie.

Annas Mutter fragte: „Geht ihr heute auf das Heiligengeistfeld?"

Anna nickte.

„Ich habe gehört, es sollen wieder 70 000 Zuschauer kommen. Wollt ihr euch das wirklich antun?", fragte ihr Vater.

„Papa, das ist eine Fußballfete für junge Leute. Friedlich, lustig, spannend, interkulturell. Wir sind die Love Generation, verstehst du?", erklärte seine Tochter. „Das macht definitiv mehr Spaß, als zu Hause alleine vor der Glotze zu hocken."

„Ich meine ja nur", verteidigte sich ihr Vater. „Ihr müsst mindestens zwei Stunden vor Spielbeginn da sein. Und dann die vielen Leute auf einem Haufen. Da kann man sich doch gar nicht bewegen, oder?"

„Das geht schon." Max kam seiner Freundin zur Hilfe. „Dieses Gemeinschaftsgefühl lässt einen seine müden Füße vergessen."

„Nun lass doch die jungen Leute", beendete Annas Mutter die Diskussion. „Eine WM im eigenen Land werden wir vielleicht nie wieder erleben. Da muss man doch mittendrin sein statt nur dabei."

Und sie waren mittendrin! Als Podolski in der vierten Minute nach wunderschöner Vorarbeit von Klose das 1 : 0 erzielte, gingen 140 000 Arme in die Höhe. Vier davon gehörten Max und Anna. Deutschland spielte von Beginn an unglaublich stark, setzte Schweden voll unter Druck. Bereits nach zwölf Minuten waren es wieder die beiden Stürmer, die zuschlugen: der erneut überragende Klose auf Podolski, Schuss, Tor, 2 : 0! Nach einer Viertelstunde sang der gigantische Heiligengeistfeldchor: „Berlin, Berlin – wir fahren nach Berlin!" Die erste halbe Stunde war das Beste, was man seit langer Zeit von einer Deutschen Nationalmannschaft gesehen hatte. Eine derartige Überlegenheit hätten selbst die kühnsten Optimisten nicht erwartet. Als Lucic in der 34. Minute wegen wiederholtem Foulspiel den Platz verlassen musste und Larsson zehn Minuten nach der Halbzeit einen Foulelfmeter über das deutsche Tor schoss, war klar, dass die Schweden nach Hause fahren würden. Die Abwehr, zu Beginn der WM als Sorgenkind bezeichnet, stand sicher, Ballack spielte extrem mannschaftsdienstlich und der Sturm war Weltklasse.
Max und Anna lagen sich nach dem Abpfiff in den Armen. Sie waren überhaupt nicht erschöpft von dem langen Stehen, im Gegenteil. Tanzend bewegten sie sich mit dem Strom in Richtung Reeperbahn. Dort verbrüderten sich deutsche mit schwedischen Fans und feierten gemeinsam. Aus allen Ecken drang „Love Generation", der offizielle WM-Titelsong, der zum Teil gepfiffen wurde und melodisch durch die Ohren direkt in die Beine drang. Obwohl so viele Menschen unterwegs waren, war es ein

durchgehend friedliches Miteinander. Die Schweden nahmen sich selbst auf die Schippe und sangen „Wir sind nur ein Möbellieferant".

Max und Anna trafen Pete und auch Mona aus ihrer Klasse sowie viele Mitspieler vom HSV. Zusammen zogen sie zum Spielbudenplatz, wo ihnen aus den Boxen ein weiterer musikalischer Fußballknaller entgegen scholl: „Football is coming home!" Sie feierten und freuten sich, doch um halb zehn drängelte Max, dass sie jetzt nach Hause müssten. Er wollte noch die zweite Halbzeit von Argentinien gegen Mexiko sehen und wissen, wer Deutschlands Gegner im Viertelfinale werden würde.

Es wurde Argentinien. Einen langen Pass von Spielführer Sorin stoppte Maxi Rodriguez in der achten Minute der Verlängerung mit der Brust, zielte genau und wuchtete den Ball mit dem linken Fuß aus knapp 20 Metern unhaltbar für den Torwart in den Winkel. Dieses Traumtor zum 2 : 1 bedeutete den Sieg für seine Mannschaft, die in der Vorrunde schon acht Treffer erzielt hatte. Genauso viele wie Deutschland! Das würde ein ganz hartes Match werden.

Am Sonntagnachmittag spielten die anwesenden Internatsschüler und ihre Trainer ein Freundschaftsspiel gegen einheimische und ausländische Journalisten. Die Internatsmannschaft gewann 12 : 3. Max schoss drei Tore. Herrn Rauer hatte er eine tolle Torvorlage gegeben. Er freute sich außerdem, dass er mal wieder mit Moritz hatte zusammenspielen können. Der Star des Spiels war jedoch eindeutig Herr Esteban gewesen. Der ehemalige argentinische Nationalspieler hatte sechs Tore geschossen und die Journalisten schwindelig gespielt. Herr Ramm flachste hinterher, dass Herr Pekermann, der argentinische Nationaltrainer, Herrn Esteban bestimmt zu einem Comeback überreden würde, wenn er eine Videoaufzeichnung des Spiels zu sehen bekäme. Sie lachten viel, diskutierten über die Achtelfinalpaarungen und tippten ihre Favoriten. Aus dem Radio drang die Kunde, dass England nach einem 1 : 0-Sieg über Ecuador ebenfalls eine Runde weitergekommen war.

Das zweite Spiel des Tages schaute die versammelte Internatsmannschaft gemeinsam: Portugal gegen Holland. Es war die mit Abstand schlimmste und unfairste Partie dieser Weltmeisterschaft. Keiner der Anwesenden konnte begreifen, dass zwei so technisch versierte Mannschaften sich so böse gehen lassen konnten. In dem Skandalspiel zückte der Schiedsrichter sage und schreibe achtmal die Gelbe und viermal die Gelb-Rote Karte. Mit „9 gegen 9" wurde die Partie beendet. Das Ergebnis war fast Nebensache: Portugal schlug Holland mit 1 : 0. Das Ausscheiden, so war sich die Internatsbelegung einig, hätten eigentlich beide Teams verdient gehabt.
Max hoffte, als er abends ins Bett ging, dass dieses unfaire Spiel bei der WM eine Ausnahme bleiben würde.

Viertelfinalkracher (19)

„Tja, Max, da hast du leider Mist gebaut." Sein Englischlehrer legte ihm die Klassenarbeit, die sie in der letzten Woche geschrieben hatten, auf den Tisch. Eine glatte Fünf. „Bei allem Verständnis für deine Fußballleidenschaft, aber damit hast du dir deine Zwei aus dem Halbjahreszeugnis kaputt gemacht. Selbst schuld, die Arbeit war eine Frechheit. Es hat nicht viel gefehlt bis zur Sechs. Von einem begabten Schüler wie dir darf man sich da mehr versprechen."

Max lief schuldbewusst rot an. Sein Lehrer hatte recht. Diese Arbeit hatte er einfach nicht auf der Rechnung gehabt und vergessen, dafür zu üben. Das war wirklich Mist. Englisch war neben Sport und Deutsch sein Lieblingsfach. So was Blödes – und das am Montagmorgen in der ersten Schulstunde. Das fing ja gut an! In der Pause biss er schlecht gelaunt in einen Apfel.

„Nimm es nicht so schwer, Kumpel", tröstete Pete. „Vergiss mal eben deine Fünf und hör mir zu. Es gibt sensationelle Neuigkeiten."

Max horchte auf. „Schieß los", sagte er gespannt.

„Ich bin auf dem Heiligengeistfeld einem Mädchen etwas näher gekommen."

Max lachte. „Das ist bei dem Gedränge wohl auch kein Wunder", scherzte er.

„Hahaha, das ist kein Witz, du Knallschote", fuhr Pete fort. „Am Wochenende habe ich mich zweimal mit ihr getroffen. Es hat richtig gefunkt. Wir sind jetzt zusammen."

Anna und Mona schlenderten kichernd über den Schulhof auf sie zu.

„Erzähl schon, kenne ich sie?", fragte Max.

„Ich glaube schon", grinste Pete. Er ließ Max stehen, ging Anna und Mona ein paar Schritte entgegen, nahm Mona in die Arme und küsste sie.

Max vergaß das Kauen. Verblüfft starrte er auf das knutschende Pärchen.

„Da staunst du, was?" Anna hatte ihn erreicht. „Pete und Mona! Wer hätte das gedacht?"

Max war immer noch ganz von den Socken. Dann fasste er sich. „Mensch, ist doch prima", fand er. „Da können wir doch gut zu viert losziehen."

„Losziehen?", fragte Anna gedehnt. „Du solltest vielleicht lieber Englisch-Nachhilfeunterricht nehmen statt loszuziehen. Pass mal auf: This is a kiss!" Sie gab Max einen Kuss.

Zwei Fünftklässler gingen vorbei und schüttelten sich.

„Igitt! Guck mal, wie die knutschen", sagte der eine.

„Eklig", fand der andere. „Wenn ich groß bin, mache ich so was aber nicht."

„Auf keinen Fall", bestätigte der Erste. „Hast du das Mannschaftsfoto von Brasilien?"

Sie ließen die albernen Knutscher hinter sich und tauschten andächtig weiter ihre Fußballsammelbilder.

Am Dienstagabend standen die acht Viertelfinalisten der Fußballweltmeisterschaft fest. Außer Deutschland, Argentinien, England und Portugal hatten es Italien, die Ukraine, Brasilien und Frankreich geschafft. Die Franzosen hatten die in der Vorrunde ganz starken Spanier aus dem Turnier geschmissen. Ronaldo hatte gegen Ghana sein insgesamt 15. WM-Tor erzielt und damit die alleinige Spitzenposition in der Rangliste der Top-Torjäger übernommen. Beckham hatte, natürlich per Freistoß, Englands Siegtor geschossen. Totti hatte das für Italien besorgt, allerdings mit einem absolut unberechtigten Elfmeter in der fünften Minute der Nachspielzeit gegen aufopferungsvoll kämpfende Australier. Und die Schweizer waren im Elfmeterschießen gegen die Ukraine ausgeschieden, obwohl sie in vier Partien in der regulären Spielzeit keinen einzigen Gegentreffer kassiert hatten. In der Runde der letzten Acht kam es somit zu den Viertelfinalkrachern Deutschland gegen Argentinien, Italien gegen die Ukraine, England gegen Portugal und Brasilien gegen Frankreich.

Am Mittwoch und Donnerstag tat Max reichlich was für die Schule. Es gab ja auch kein Fußball zu sehen: Die Mannschaften hatten spielfrei.

Freitag trafen er und Anna mit ungefähr zwanzig anderen aus ihrer Clique sich drei Stunden vor dem Spiel am Heiligengeistfeld, um Deutschland gegen Argentinien zu gucken. Der Platz füllte sich zusehends. Es wurden wieder 70 000 Zuschauer erwartet. Wer zu spät kam, musste draußen bleiben. Anderthalb Stunden vor dem Spiel wurden die Tore geschlossen. Es war so weit: 70 000 Fußballverrückte waren versammelt!

Die Stimmung wurde von Mal zu Mal besser. Mittlerweile konnten fast alle Leute fast alle Lieder mitsingen. So war es ein unvergleichliches Erlebnis, mit diesem riesigen Chor die Nationalhymne Deutschlands zu singen:

„Einigkeit und Recht und Freiheit
Für das deutsche Vaterland!
Danach lasst uns alle streben,
Brüderlich mit Herz und Hand!
Einigkeit und Recht und Freiheit
Sind des Glückes Unterpfand;
Blüh im Glanze dieses Glückes,
Blühe deutsches Vaterland!"

Ein gewaltiger Applaus und Jubel folgte dem Anpfiff, dann wurde es zunehmend still. Die Menschenmasse starrte gebannt auf die Großbildleinwand. Die Sonne beschien ein schwarz-rot-goldenes Fahnenmeer.

Argentinien war stark, sehr stark. Im Berliner Olympiastadion kämpften beide Mannschaften leidenschaftlich
um den Einzug ins Halbfinale. Lehmann stand im Tor. In
der Abwehr spielten Lahm, Metzelder, Mertesacker und
Friedrich. Im Mittelfeld Schweinsteiger, Ballack, Frings
und Schneider. Im Sturm Klose und Podolski. Die Partie
glich in der ersten Halbzeit einem Schachspiel. Es gab
wenige Torchancen, doch es war bis dahin das mit Abstand spannendste Spiel dieser WM. Auch bei den Zuschauern war diese Anspannung körperlich greifbar. Max
hätte es nie für möglich gehalten, dass 70 000 Menschen
so leise sein könnten. Doch in der 49. Minute war es nach
einem kollektiven Aufschrei des Entsetzens totenstill
geworden. Ayala hatte nach einer Ecke von Riquelme das
1 : 0 geköpft.
„Wir verlieren, wir verlieren", murmelte Anna. Sie legte
ihren Kopf an die Schulter ihres Freundes.
Max tröstete sie: „Das schaffen wir noch, Anna, Kopf
hoch." Aber er glaubte selbst nicht so recht daran.
Argentinien stand in der Defensive sehr gut, ließ kaum
Torchancen zu und beschränkte sich zunehmend darauf,
den Vorsprung über die Zeit zu retten. Pekermann wechselte sogar Riquelme und Crespo aus. Klinsmann brachte
Odonkor, Borowski und Neuville. Die Zeit verstrich.
Achtzig Minuten waren gespielt, als Ballack von links
flankte, Borowski wunderschön per Kopf auf Klose ver-
längerte und der Torjäger sich im Luftkampf gegen Argentiniens Kapitän Sorin durchsetzen konnte. Sein Kopf-
ball traf zum 1 : 1-Ausgleich ins Netz!
Das Heiligengeistfeld glich einem Hexenkessel. Noch nie
hatte Max ein Tor so sehr bejubelt. Was war das für ein
wichtiger Treffer gewesen! Jetzt wuchs die Zuversicht
wieder, doch weder in der regulären Spielzeit noch in der

Verlängerung gab es zwingende Torchancen. Das gefürchtete Elfmeterschießen musste entscheiden:
Deutschland begann. Neuville trat als erster Schütze an: halbrechts – 1 : 0! Cruz glich aus.
Dann Ballack: halblinks – 2 : 1! Ayala schob den Ball in die rechte untere Ecke – Lehmann hielt!
Podolski mit links ins rechte Eck – 3 : 1! Maxi Rodriguez verkürzte auf 3 : 2.
Borowski traf rechts unten – 4 : 2! Cambiasso zielte halblinks – Lehmann wehrte ab!!!
Grenzenloser Jubel auf dem Spielfeld, im Berliner Olympiastadion, auf dem Heiligengeistfeld! Deutschland stand im Halbfinale! Ja! Jaa!! Jaaa!!!
Der Rest des Tages war Freude pur, Party und Gesang. Die Fußballfans machten die Nacht zum Tag. Gegen 22.00 Uhr waren 50 000 Menschen auf der Reeperbahn unterwegs. Autokorsos schoben sich laut hupend durch die Stadt, Deutschlandfahnen waren überall ausverkauft.
Max und Alban waren froh, dass dieses Spiel am Nachmittag ausgetragen worden war. Jetzt hatten sie mehr Zeit zum Feiern. Als sie am Spielbudenplatz ankamen, sahen sie, dass dort auch eine Großbildleinwand aufgebaut worden war. Sie sangen und feierten und guckten aus der Ferne nebenbei, wie Italien die Ukraine im FIFA-Stadion Hamburg mit 3 : 0 bezwang.

„War das vorhin nicht ein irre spannendes Spiel?", fragte Alban mit glühendem Gesicht, als er mit Max und Moritz ins Internat zurückkehrte.
„Unglaublich!", pflichtete ihm Moritz bei. „Das war das spannendste Spiel, das ich je gesehen habe."
„Blöd war nur das Gerangel nach Spielende", fand Max. „Was war da eigentlich los?"

Das wussten seine beiden Freunde auch nicht.

Erst am nächsten Tag sahen sie Fernsehbilder von den unschönen Szenen. Nach dem Schlusspfiff hatte ein argentinischer Auswechselspieler Mertesacker mit einem Tritt niedergestreckt. Der Spieler hatte daraufhin die späteste Rote Karte der WM-Geschichte gesehen. Am nachfolgenden Gerangel waren jede Menge deutsche und argentinische Spieler, Trainer und Funktionäre beteiligt. Die FIFA hatte bereits ein Disziplinarverfahren eingeleitet.

Sehr fair war dagegen die Szene vor dem Elfmeterschießen gewesen, als Kahn seinem Rivalen Lehmann, der ihn als Nummer 1 im deutschen Tor verdrängt hatte, die Hand gedrückt, über den Kopf gestrichen und ihm viel Glück gewünscht hatte. Das war Sportsgeist!

Kurios hingegen war der geheimnisvolle Zettel gewesen, den Lehmann vor den argentinischen Elfmetern aus dem Stutzen gezogen und aufmerksam studiert hatte.

Max vermutete zur allgemeinen Belustigung der Internatsbelegschaft, dass der Torwart sich das bei ihrem Linksaußen Matze abgeguckt hatte. „Der steckt sich doch auch immer die Telefonnummern von weiblichen Fans, die er vor dem Spiel in die Hand gedrückt bekommt, in die Stutzen."

Halbfinalschock (20)

Sonnabend besiegte Portugal England im Elfmeterschießen mit 4 : 1. Der große WM-Favorit Brasilien schied nach einem 0 : 1 gegen Frankreich aus dem Turnier aus. Deutschland gegen Italien und Portugal gegen Frankreich hießen die Halbfinalpaarungen. Aus der Weltmeisterschaft war eine Europameisterschaft geworden.

Sonntag spielte die ältere B-Jugend ein Freundschaftsspiel gegen die A-Jugend von Norderstedt. Die Spieler beider Mannschaften waren so im Fußballfieber, dass sie sich sogar während des Spiels über die gestrigen Partien unterhielten. Es war heiß und das Tempo hielt sich in Grenzen, Sommerfußball eben.

„He, Jungs, das ist kein Sonntagsspaziergang", schimpfte Herr Ramm in der Kabine. „Auch wenn die Saison gelaufen ist, beurteilen wir eure erbrachten Leistungen. Hier und heute hat sich noch keiner von euch für die Stammelf der nächsten Saison aufgedrängt."

Das hatte gesessen. Nach dieser Halbzeitansprache drehte der HSV auf und gewann das Spiel mit 3 : 1. Tolga, Claudius und Tom-Luis hießen die Torschützen.

„Na seht ihr, geht doch", zeigte sich Herr Ramm zufrieden. Dann nahm er Max beiseite: „Für morgen ist kurzfristig noch ein Training der Hamburgauswahl angesetzt worden", teilte der Trainer ihm mit, „das letzte vor den Sommerferien. Du kannst hingehen, wenn du deine Schulsachen auf die Reihe bekommen hast."

Herr Ramm wusste, dass Max am Dienstag eine Physikarbeit schreiben würde. Sein Trainer bot Nachhilfeunterricht für die Internatsschüler an. Max hatte sein Angebot für Physik in Anspruch genommen.

„Das geht schon", erklärte Max. „Wenn Sie vorher vielleicht noch mal eine Stunde Zeit hätten, den Stoff mit mir durchzugehen?"

„In Ordnung, Max", versprach sein Trainer. „Komm um 15.00 Uhr zu mir ins Büro."

Als Max zusammen mit Moritz vom Training der Hamburgauswahl ins Internat zurückkehrte, trafen sie Herrn Rauer auf dem Parkplatz.

„Habt ihr schon gehört, Jungs", sagte er, „Frings ist für morgen gesperrt worden."

„Nein!", riefen die Jungs wie aus einem Mund.

„Doch", versicherte Herr Rauer. „Traurig, aber wahr."

Das war megaschlecht. Frings war gegen Argentinien bester Mann gewesen und ein Stabilitätsfaktor des deutschen Teams. Das Gerangel nach dem Spiel hatte also auch ein deutsches Opfer zur Folge.

„Jetzt muss Borowski ran", forderte Moritz.

„Oder Kehl", spekulierte Max, „der spielt defensiver."

Im Zimmer sah Max aus seinem Fenster. Es war beinahe schon dunkel, doch er erkannte, dass die Umbaumaßnahmen auf Platz 1, dem ehemaligen Platz der C-Jugend, schnell vorangekommen waren. Die Einrichtung eines unbeweglichen Technikparcours war eine Forderung von DFB und DFL im Rahmen der Lizenzierungsvorgaben für Nachwuchsleistungszentren. Einrichtungen wie 4-4-Courts, Fußballtennis oder Kopfballpendel sollten eine spezielle Schulung der Technik ermöglichen. Zum Trainingsgelände des Hamburger Nachwuchsleistungszentrums gehörten nun neben dem Technikparcours fünf weitere Naturrasenplätze, von denen vier mit Flutlichtanlagen und einer mit Rasenheizung ausgestattet waren, ein Kunstrasenplatz, eine Ballspielhalle, zwei Kraft- bzw. Reha-Räume, zwei Saunas, zwei Entmüdungsbecken, zwei medizinische Behandlungs- und zwei Schulungsräume sowie Umkleidetrakte. Das waren wirklich ausgezeichnete Rahmenbedingungen.

Max stellte das Fenster auf Kipp und machte sich fertig für die Nacht. Dann ging er ins Bett. Er versuchte sich vorzustellen, was wohl in Frings vorgehen würde. Mist! Ausgerechnet Frings!

Dienstag, 4. Juli, 21.00 Uhr, Dortmund. Die Mannschaftsaufstellung: Lehmann – Lahm – Metzelder – Mertesacker – Friedrich – Borowski – Ballack – Kehl – Schneider – Klose – Podolski.
Die gleiche Szenerie wie in den Spielen zuvor: Max und seine Clique und 70 000 Zuschauer auf dem Heiligengeistfeld. Partystimmung, Musik und Sonne. Spannung und Dramatik auf dem Spielfeld. Italien war besser, spielte abgeklärter, ideenreicher, druckvoller. Die deutsche Abwehr stand nicht so sicher wie zuletzt. Der überragende Lehmann musste des Öfteren lautstark dirigieren und schimpfen. Gebannt verfolgten die Zuschauer das Geschehen, fertig zum Jubeln. Doch sie bekamen keine Gelegenheit dazu. Nach der Pause erhöhte Deutschland den Druck und das Tempo, das Spiel war jetzt ausgeglichen. Zum Ende der regulären Spielzeit war Deutschland besser. Ein Tor lag in der Luft – aber es fiel leider nicht. Schweinsteiger kam für Borowski, Odonkor für Schneider. Verlängerung. Es waren gerade einmal 40 Sekunden gespielt, da stockte den 70 000 der Atem: Gilardo traf den Innenpfosten. Eine Minute später traf Zambrotta die Latte. Deutschland hatte Glück, dass es immer noch 0 : 0 stand. Neuville kam für Klose. Podolski scheiterte zweimal in aussichtsreicher Position: Einmal ging der Ball daneben, einmal hielt der sehr gute Buffon. Als Max und seine Begleiter in Vorfreude auf das anstehende Elfmeterschießen „Berlin, Berlin – wir fahren nach Berlin!" anstimmen wollten, schlug Grosso in der 119. Minute

grausam zu – und traf den deutschen Fußball mitten ins Herz: 1 : 0 für Italien durch einen unhaltbaren Schlenzer aus halbrechter Position.

Dreißig Sekunden war es still auf dem Heiligengeistfeld. Fassungslos starrte die Menschenmasse auf die Großbildleinwand und sah den italienischen Spielern beim Jubeln zu. Dann hallten dreißig Sekunden lang verzweifelte Anfeuerungsrufe über den Platz. Dann war es ganz vorbei: Del Piero erzielte gegen die aufgerückte deutsche Mannschaft das 2 : 0.

Anna weinte. Max stand traurig daneben. Auch er hatte einen Kloß im Hals und Tränen in den Augen. Mitfühlend sah er zu, wie die deutschen Nationalspieler nach dem Schlusspfiff in Dortmund auf dem Rasen zusammensackten. Klinsmann ging zu jedem Einzelnen von ihnen. Er versuchte, seine Spieler wieder aufzurichten, Trost zu spenden. Sie waren Helden, trotz der Niederlage. Unglückliche Helden.

Um Max und Anna herum weinten hemmungslos Tausende von Menschen. Sie hatten begriffen, dass der Traum und die Party vorüber waren. Der Alltag hatte sie wieder eingeholt. Deutschland würde im eigenen Land nicht Weltmeister werden. Sie würden nicht zum Endspiel nach Berlin fahren, sondern zum Spiel um den dritten Platz nach Stuttgart. Als Max diesen Gedankengang hatte, stahl sich ein Lächeln zurück in sein Gesicht: Er würde dabei sein! He, er würde mit Tobi dort sein und die deutsche Mannschaft live im Stadion spielen sehen! Das war zwar momentan nur ein schwacher Trost für das soeben verpasste Endspiel, aber immerhin gab es überhaupt einen Trost. Max sah, wie das Meer der schwarz-rot-goldenen Flaggen langsam eingerollt wurde. Die Italiener in Hamburg schwenkten begeistert ihre grün-weißroten Fahnen. Auf dem Weg zum Ausgang trafen sie auf Antonio, ihren Ersatztorwart. Er feierte den Sieg in einem Nationaltrikot der Squadra Azzurra mit seiner italienischen Familie.

„Hey!", rief er begeistert, „seid nicht traurig! Es war ein tolles Spiel. Lasst uns gemeinsam feiern, okay? Es ist doch egal, wer gewonnen hat. Hauptsache, wir können zusammen feiern! Kommt mit, in der Pizzeria meines Onkels gibt es heute Nacht alles umsonst. Na, kommt schon, Freunde!"

Seine südländische Begeisterung und Leidenschaft steckten an. Die Hälfte der Clique ging mit. Die anderen sahen zu, dass sie nach Hause kamen. Ihnen war nicht nach Feiern zumute.

Max wäre gerne noch mitgegangen, doch es war ein ganz normaler Dienstag, es war kurz vor Mitternacht, und morgen war Schule. Es war höchste Zeit, ins Internat zu kommen. Max war sicher, dass Frau Wolke nicht böse war, wenn die Internatsschüler heute unverschuldet zu spät kamen.

Das Erste, was Max nach dem Aufwachen fühlte, war eine unendliche Leere. Er sah wieder das 1 : 0 von Grosso vor seinem geistigen Auge, diesen genialen Schlenzer. Max stand auf und sah hinaus. Die Erde hatte sich trotz der bitteren Niederlage weitergedreht, die Sonne schien wieder von einem wolkenlosen Himmel, das Leben ging weiter. Es war nur ein Fußballspiel verloren worden. Im Sport kann es innerhalb von Sekunden von Himmelhochjauchzend ganz schnell ganz tief bergab gehen. Das musste man als Sportler verarbeiten können. Darum war mentale Stärke gefragt.

Immerhin hatten die deutschen Fußballer noch die Möglichkeit, sich mit einem Sieg im Spiel um den dritten Platz von dieser fantastischen Weltmeisterschaft zu verabschieden. Max und Tobi würden die Spieler jedenfalls anfeuern, bis sie heiser waren. So viel stand schon einmal fest.

Max machte sich fertig, packte seine Sachen und ging zum Frühstück hinunter. Im Internat, in der Bahn, in der Schule – überall herrschte Katerstimmung. Das Land würde wie die Spieler wohl ein bis zwei Tage brauchen, um diese empfindliche Niederlage verarbeiten zu können. Abends sah Max mit seinen Mitbewohnern in der Jürgen-Werner-Schule, wie Zidan im zweiten Halbfinale seine Franzosen mit einem verwandelten Elfmeter ins Endspiel schoss.

Nach Spielende rief er seinen besten Freund an. „He, Tobi, wie findest du das?", fragte er. „Deutschland gegen Portugal! Noch drei Tage!"

„Obercool und affengeil!", erwiderte sein Freund begeistert. „Das wird der Hammer!"

Weltmeister der Herzen (21)

Zwei Tage später gab es Zeugnisse. Max war mit seinem den Umständen entsprechend zufrieden. In Englisch und Mathe war er zwar WM-bedingt auf eine Drei abgerutscht, aber ansonsten hatte er seinen Schnitt halten können. Die Einsen in Sport und Deutsch hatten nicht gelitten. Dank der Nachhilfe von Herrn Ramm stand sogar zum ersten Mal eine Zwei minus in Physik im Zeugnis. Immerhin!

Herr Hansen hatte seinen großen Sohn am Freitagnachmittag vom Internat abgeholt. Sie verabschiedeten sich von der Belegschaft und Max' Mitbewohnern. Herr Hansen bedankte sich besonders bei Herrn Brand, Frau Wolke und Herrn Ramm dafür, dass sie sich immer wirklich gut um seinen Sohn gekümmert hatten.

Am Abend klingelte Max bei seinem Freund in Pojenbergen an der Haustür. Tobi öffnete die Tür. „Herzlichen Glückwunsch zum Geburtstag, Alter", wünschte Max lachend. „Noch 365 Tage bis zur Volljährigkeit!"
„Danke, danke!", nahm Tobi die Glückwünsche entgegen. „Schön, dass du da bist, Maxi!"
Tobi veranstaltete in der Kellerbar seiner Eltern eine Party. Seine Mutter hatte Pommesfritten und selbst gemachte Hamburger aufgetischt. Sieben Jungs und acht Mädchen hatte Tobi eingeladen. Auch Britta war da, die Freundin von Tobis Freundin Tanja.
„Und du fährst morgen mit Tobi nach Stuttgart?", fragte sie Max nach dem Essen.
Max nickte bestätigend.
Britta stand dicht vor ihm. „Tanzen wir?"
Max nickte noch einmal. Auf der kleinen Tanzfläche war bereits Betrieb, sie gesellten sich dazu.
Britta war wirklich ein sehr nettes Mädchen. Sie hatte Max keine Vorwürfe gemacht, dass er sich nicht einmal bei ihr gemeldet hatte. Tobi hatte ihr erzählt, dass angehende Fußballprofis nicht die Zeit hatten, sich eingehender mit Mädchen zu beschäftigen. Sie mussten halt so viel trainieren. Anna hatte er vorsichtshalber diskret verschwiegen.
Dass Britta noch immer für ihn schwärmte, merkte Max, als die Zeit der Engtänze gekommen war. Zum Glück

musste die Party um kurz nach Mitternacht beendet werden, denn Max war wieder einmal drauf und dran, der warmen, weichen, gut duftenden Versuchung zu erliegen. Weil er und Tobi aber am nächsten Morgen sehr früh aufstehen mussten, blieb es beim Tanzen.

„Vielleicht können wir in den Ferien mit Tanja und Tobi ja mal etwas gemeinsam unternehmen", schlug Britta zum Abschied vor.

Max versprach ihr, dass sie das tun würden.

„Ich kann es noch gar nicht glauben", staunte Tobi, als der Zug um 8.00 Uhr am Bahnhof Altona abfuhr.

Sein Vater hatte die beiden Jungs nach Hamburg gefahren. Nun waren sie unterwegs nach Stuttgart. Sie lasen die Sportnachrichten. Tobi war als Bayern-Fan natürlich begeistert, dass Kahn zum Abschluss der Weltmeisterschaft wenigstens einmal das deutsche Tor hüten durfte. Das war ein feiner Zug von Klinsmann als Anerkennung für das sportlich-faire Verhalten Kahns während des gesamten Turniers.

Max und Tobi freuten sich auf die Atmosphäre im Stadion. Schon im Zug bekamen sie einen Vorgeschmack, als Fans im Abteil nebenan das Lied „54 – 74 – 90 – 2010" anstimmten. Mit der textlich veränderten Jahreszahl ließ sich dieses wundervolle Stimmungslied noch vier weitere Jahre singen.

Nachmittags erreichten sie Stuttgart. Unterwegs hatten beide Jungs einige Stunden geschlafen.

In Stuttgart hatten sie noch reichlich Zeit bis zum Anpfiff. Sie besuchten erst eine Eisdiele und beobachteten die Fans, die sich überall versammelten. In einer Imbissbude aßen sie ein gegrilltes Hähnchen, bevor sie mit dem Strom ins Stadion pilgerten. 52 000 Zuschauer waren bereits eine Stunde vor dem Anpfiff dort versammelt. Sie stimmten ihre Gesänge an und feierten vor allem den Bundestrainer, der hier ein Heimspiel hatte.

Klinsmann gab im Spiel um Platz 3 den Reservisten die Chance auf einen Einsatz. Außer Kahn standen Jansen und Nowotny in der Startaufstellung. Hitzlsperger und Hanke wurden später eingewechselt. Max war von der Atmosphäre auf dem Heiligengeistfeld stets begeistert gewesen, doch dieses Gänsehautgefühl live erleben zu dürfen, setzte der Weltmeisterschaft die Krone auf. War schon sein Einsatz als Balljunge ein absoluter Höhepunkt gewesen, war dieses Spiel die ultimative Steigerung. Alleine deswegen, weil die deutschen WM-Helden hier und heute ihren Ausstand geben würden. Die Welle der Begeisterung, die La Ola, schwappte durch das Gottlieb-Daimler-Stadion. Schwarz-Rot-Gold dominierte alles andere. Der Lärm verursachte ein Prickeln der Vorfreude und das Abspielen der Nationalhymnen eine Gänsehaut. Das Stadion glich einem Tollhaus.

Die erste Halbzeit war spielerisch eher durchwachsen, doch nach der Pause drehte vor allem ein Spieler auf: Schweinsteiger hämmerte drei Granaten auf das portugiesische Tor. Zweimal zischte der Ball am verdutzten Torwart Ricardo vorbei direkt ins Netz, einmal wurde er von einem Abwehrspieler vorher abgelenkt. 3 : 0 stand es nach diesem Weitschuss-Bombardement nach 78 Minuten. Max und Tobi verstanden ihr eigenes Wort nicht mehr, so laut war es. Kahn hielt in seinem letzten Länderspiel sensationell. Das Gegentor zum 3 : 1-Endstand war unhaltbar.

Nach dem Schlusspfiff sprangen alle Ersatzspieler, Trainer und Betreuer auf den Rasen und umarmten die neuen

Weltmeister der Herzen. Es war der Beginn einer gigantischen Fußballfete.

Den Spielern wurde bei der Siegerehrung die Bronzemedaille um den Hals gehängt. Danach begaben sie sich auf eine emotionsgeladene Ehrenrunde. Als sie in die Kurve kamen, in der Tobi und Max standen, feuerten die beiden Freunde sie so laut sie konnten an. Auf dem Platz traf Kahn auf den Portugiesen Figo, einen weiteren Giganten des Weltfußballs, der heute sein letztes Länderspiel gemacht hatte. Figo war der letzte Spieler der portugiesischen „Goldenen Generation". Die beiden nahmen sich in die Arme und wechselten ein paar Worte. Die Schwaben skandierten minutenlang „Klinsi! Klinsi!". Dem Bundestrainer galten die größten Sympathien. Er hatte mit dieser Mannschaft etwas geschafft, was keiner für möglich gehalten hätte.

Als ein farbenprächtiges Feuerwerk am wolkenlosen Nachthimmel über ihnen explodierte, waren Max und Tobi von dieser berauschenden Atmosphäre vollends gefangen. Diese Reise nach Stuttgart war mit Sicherheit ein Erlebnis, das sie nie im Leben vergessen würden. Noch eine halbe Stunde nach Abpfiff feierten die Zuschauer auf den Rängen die Spieler, die sich lachend auf dem Rasen kugelten, ausgelassen vor ihren Fans auf und ab hüpften oder mit Deutschlandfahnen Ehrenrunden liefen.

Es war schon nach Mitternacht, als sich die Jungs auf den Rückweg zum Bahnhof machten. Um zwei Uhr nachts fuhr der Zug ab, der sie nach Hamburg zurückbringen würde. Bis dahin genossen sie jede Sekunde der heiteren Feierlaune. Die friedlichen Fans sangen „You'll never walk alone" und andere Fußballhymnen. Deutschlandfahnen, wohin man schaute, und natürlich die obligatorischen hupenden Autokorsos. Die Stuttgarter Nacht wurde zum Tag gemacht. Auch wenn das offizielle Endspiel am heutigen Abend erst entschieden werden würde: Das Spiel Deutschland gegen Portugal war unbestritten der gefühlte Höhepunkt dieser Weltmeisterschaft.

Max und Tobi erreichten den Zug per Taxi in letzter Minute, weil die meisten Straßen verstopft gewesen waren. Als sie in ihrem Liegewagenabteil saßen, konnten sie es gar nicht begreifen, dass es schon vorbei war. Müde waren sie überhaupt nicht. Sie unterhielten sich noch stundenlang über das gerade Erlebte und schliefen erst gegen vier Uhr morgens ein.

Um neun Uhr erreichten sie Hamburg-Altona. Frau Hansen stand schon auf dem Bahnsteig, um sie in Empfang zu nehmen.

In Pojenbergen frühstückte Max mit seiner Familie und berichtete ausführlich von seinen traumhaften Erlebnissen.

Daniel hörte ihm mit glänzenden Augen zu. „Super!", warf er ab und zu ein. Max erzählte alles so detailgetreu, dass sein kleiner Bruder hinterher meinte, selbst dabei gewesen zu sein.

Bei Tobi im Keller sahen sie sich später im Fernsehen an, wie sich die Deutsche Nationalmannschaft am Mittag von ihren Fans in Berlin verabschiedete. Eine Million Menschen war dort auf die 2,2 Kilometer lange Fanmeile geströmt, um live dabei zu sein. Vom Brandenburger Tor über die Straße des 17. Juni bis zur Siegessäule erstreckte sich diese farbenfrohe Fanmeile. Jeder einzelne Nationalspieler wurde auf die Bühne gerufen, geordnet nach Mannschaftsteilen. Die Bühne ragte wie ein Laufsteg weit in das schwarz-rot-goldene Farbenmeer hinein. Auf dem Rücken der Trikots, die die Nationalspieler trugen, stand „Teamgeist", darunter „82 Mio." als Abkürzung für 82 Millionen Bundesbürger. Vorn auf den Trikots stand „Danke, Deutschland".

Die Weltmeister der Herzen schossen Bälle in die Menge und sangen mit den Originalinterpreten die Lieder, die während der WM in den letzten Wochen Tag und Nacht zu hören gewesen waren: „54 – 74 – 90 – 2010" von den Sportfreunden Stiller und „Dieser Weg" von Xavier Naidoo. Einige Spieler stimmten sogar a capella „Marmor, Stein und Eisen bricht" an. Die Fans bedankten sich für diese Liebesbekundung und stimmten ihrerseits und lauthals an: „So sehen Sieger aus!" Es war der wunderschöne Abschluss eines wunderschönen Sommermärchens.

Das Endspiel am Abend war das einzige Spiel während der Weltmeisterschaft, das er im Kreise seiner Familie zu Hause auf dem Ponyhof Pojenbergen sah.

„Endlich können wir mal wieder zusammen Fußi gucken", freute sich Daniel.

Max lächelte. „Auf wen tippst du denn?", fragte er seinen kleinen Bruder.

Der zögerte keine Sekunde: „Auf Frankreich natürlich, logisch", meinte er. „Italien hat eben keinen Zidan."

„Es wäre doch besser, wenn Italien gewinnt", fand Herr Hansen. „Dann sind wir wenigstens gegen den Weltmeister ausgeschieden."

„Der Bessere soll gewinnen", entschied Großmutter Hansen ganz pragmatisch vom Sofa aus.

„Für wen bist du denn, Oma?", fragte Max.

„Wer liegt im Koma?", rief seine Großmutter erschrocken. Alle lachten.

„Ich hole dir dein Hörgerät", sprach Großvater Hansen. „Sonst kommen wir vor lauter Lachen nicht zum Fußballgucken."

Die ganze Familie verfolgte dann gespannt das Finale vor dem Fernseher. Zuerst schien es, als sollte Daniel recht behalten: Frankreich ging in Führung. Der große Zidan versenkte einen unglaublich coolen Elfmeter, der von der Unterkante der Latte hinter die Torlinie prallte, im italienischen Tor. Seine Kopfstoßattacke jedoch, für die der mehrmalige Weltfußballer des Jahres die Rote Karte gezeigt bekam, bedeutete den unwürdigen Abgang nach einer grandiosen Karriere. Diese Beendigung seiner einmaligen Laufbahn hätte sich Zidan ersparen müssen. Nach einem 1 : 1 ging es in die Verlängerung. Dann verloren die geschockten Franzosen das Elfmeterschießen mit 4 : 6. Den entscheidenden Strafstoß hatte Grosso verwandelt, der auch schon Deutschland kalt erwischt hatte. Italien war Weltmeister.

Der goldene Weltpokal wurde an Cannavaro überreicht, den Mannschaftskapitän der Squadra Azzurra. Die Jubelbilder verfolgte Familie Hansen mit leichtem Bedauern. Es regnete goldenen Flitter, ein Feuerwerk schoss in die Nacht, die Fußballweltmeisterschaft in Deutschland war beendet.

Sechs Wochen Sommerferien standen an. Max hatte noch keine konkreten Pläne, ob er verreisen würde. Erst einmal wollte er dieses erlebnisreiche Jahr verdauen: den Wechsel von der jüngeren in die ältere B-Jugend, den Tod von Gustav, sein Debüt bei der Deutschen U-16-Nationalmannschaft, das erste Länderspiel als Kapitän, das Versprechen von Herrn Hoechst, dass Max ab der A-Jugend regelmäßig bei den Profis mittrainieren dürfe.

Unvergesslich würde in jedem Fall die Fußballweltmeisterschaft bleiben, die er vor dem Fernseher, als Balljunge in Hamburg, als Zuschauer auf dem Heiligengeistfeld und live im Stadion in Stuttgart miterlebt hatte. Max hatte angefeuert, mitgefiebert, vor Freude gebrüllt und gelitten. Eine Achterbahn der Gefühle mit der legendären Nacht in Stuttgart als Happy End. Und spätestens nach dieser WM war Max sich hundertprozentig sicher: Er würde Fußballprofi werden! Fußballprofi beim Hamburger Sport-Verein!

Nachwort

Tausende von Fans hoffen, dass Hamburger Talente wie Max Hansen den Sprung aus dem Nachwuchsleistungszentrum zu Bundesliga-Stammspielern schaffen werden. Einige sind zurzeit auf bestem Weg dorthin. Die Talentförderung ist eine Möglichkeit, den großen Traum wahr werden zu lassen: den Traum, Fußballprofi zu werden.
Man kann sich seinen Lebenstraum erfüllen, wenn man fest an sich glaubt. Glaubst du auch an dich? Bist du vielleicht sogar ein zukünftiger Profi?

Alles ist möglich. Lang lebe der HSV!

Danksagung

Für die Unterstützung bedanke ich mich recht herzlich beim HSV, dem ich seit 31 Jahren Wochenende für Wochenende die Daumen halte. Speziell von Herrn Hildebrandt, Herrn Marr und Frau Kowal habe ich viele Informationen über die AOL-Arena und das tatsächliche Leben im HSV-Internat erhalten. Dadurch konnte diese frei erfundene Geschichte sehr wirklichkeitsnah geschrieben werden.

In der HSV-Geschäftsstelle gilt mein Dank vor allem Herrn Langbein und Herrn Wegener für die gute Zusammenarbeit.

Vielen Dank auch an die Spieler Alexander Meyer für seinen detailgetreuen Bericht aus Chikago und an Viktor Maier für seine Informationen über die U-16-Nationalmannschaft.

Danke sage ich allen Kindern und ehemaligen Mitspielern, die Vorbilder für meine Figuren waren und ihnen Leben eingehaucht haben.

Danke an Komet Blankenese, meinen Heimatverein, der in diesem Jahr seinen 100. Geburtstag feiert. Gratulation, und weiter so, Komet!

Als Letztes ein riesiges Dankeschön an alle HSV-Fans, die den ersten Band „Max im HSV-Internat" gekauft, gelesen und für gut befunden haben. Ihr habt diesen zweiten Teil ermöglicht und wollt hoffentlich auch wissen, wie Max im dritten Band den Sprung zum Profi schafft. Ich arbeite dran!

Liebe Grüße von
Michael Schaaf

Buchtipp!

Michael Schaaf: „Max im HSV-Internat"

Der vierzehnjährige Max Hansen wird von einem Fußballscout entdeckt und zieht wenig später in das HSV-Internat in Norderstedt. Er wird Kapitän und Spielmacher der C-Jugend-Mannschaft. Max macht die ersten Schritte, um seinen Traum zu verwirklichen: Fußballprofi zu werden!

Der Hamburger Kinder- und Jugendbuchautor Michael Schaaf schildert die Nachwuchsarbeit eines Bundesligisten, des großen Hamburger Sport-Vereins. Das Buch gibt faszinierende Einblicke in die Talentförderung und das Internatsleben, eingebunden in die abenteuerliche Geschichte des Max Hansen. Ein großer Lesespaß, der Geschmack macht auf mehr!

Books on Demand GmbH, Norderstedt, 2006
170 Seiten, € 10,-
Zu erwerben unter www.hsv.de (siehe SHOP, siehe Bücher)

Buchtipp!

Michael Schaaf: „Das größte Abenteuer aller Zeiten"

Begib dich zusammen mit einer anmutigen Fee, einem pfiffigen Faxenfox, einem erfinderischen Zwerg und einem liebenswerten Moppolitanier auf eine fantastische Reise durch eine fremde Welt. Treffe faszinierende Geschöpfe, besiege wilde Kreaturen im Wasser, an Land und in der Luft, trotze stürmischen Naturgewalten und löse ein Rätsel der Götter, denn ein unheimlicher schwarzer Wanderer hat Königin Kastania das einzigartige Zaubermärchen geraubt.

Eine fantasievolle Abenteuergeschichte für Kinder ab neun Jahren mit vielen Illustrationen und einer farbigen Landkarte als Poster.

Mohland Verlag, 2001, ISBN 3-932184-95-5, www.mohlandverlag.de, 334 Seiten, € 14,90

Buchtipp!

Michael Schaaf: „Askartus und Erde"

Tief in den dichten Urwäldern des grünen Planeten Askartus verborgen liegt eine sagenumwobene Ruinenstadt. In ihren verfallenen Gemäuern spukt es seit Jahrhunderten. Zwei Kinder des blauen Planeten Erde verschlägt es in diese fremde Dschungelwelt mit urzeitlichen Säbelzahntigern, Drachenechsen, Riesenschlangen und Flugsauriern. Werden sie den Moppolitaniern helfen können, das Volk der unsympathischen Morkorazzen und ihren bösen Anführer zu besiegen?

„Das größte Abenteuer aller Zeiten" geht weiter. Abenteuer pur für Kinder ab neun Jahren, viele Illustrationen und ein farbiges Dschungelposter.

Mohland Verlag, 2003, ISBN 3-936120-43-9, www.mohlandverlag.de, 323 Seiten, € 14,90

Buchtipp!

Michael Schaaf: „Capitano"

In einem mörderischen Sturm verliert der gefürchtete Piratenkapitän Capitano sein Schiff mitsamt Mannschaft. Bevor er als Letzter von Bord geht, befreit er seine Geisel, die spanische Prinzessin Isabella. Die beiden Schiffbrüchigen verschlägt es auf eine paradiesische Insel. Doch im dichten Dschungel und in den klaren Gewässern vor der Lagune lauern geheimnisvolle Eingeborene und tödliche Gefahren.

Jungs wie Mädchen ab acht Jahren werden sich für diese abenteuerliche Piratengeschichte begeistern.

Mohland Verlag, 2005, ISBN 3-936120-95-1, www.mohlandverlag.de, 172 Seiten, € 10,-

Mehr Informationen zu allen Büchern findet ihr unter:

www.autor-michael-schaaf.de